China Beijing TV Station

这里是北京

THIS IS BEIJING

李 欣 主编

华艺出版社
HUA YI PUBLISHING HOUSE

《这里是北京》丛书
编 委 会

总 监 制：刘爱勤 张 晓 华 艺

监 　 制：赵福明 黄 瑨 郝 洪

主 　 编：李 欣

执行主编：张 妍

主 持 人：卢文龙

编 　 委：闫 烩 张 宁 姜 祺 王之名

编 　 辑：刘 刚 马 燕 关利华

资料整理：谢 侃 王 娟

北京电视台公共频道节目中心制作

特别鸣谢：北京市文物局

序

　　从2007年1月开始，北京卫视在晚间黄金时间隆重推出了七档文化精品栏目，突出北京特色、强调文化内涵、彰显大家风范。在这七档栏目中，《这里是北京》脱颖而出，表现不俗，社会反响良好。在今天看来，《这里是北京》的成功，的确有很多东西值得我们思考。

　　北京，是一座朴实亲切而又大气磅礴的城市。既能海纳百川，又有着自己独特的风姿，既能独树一帜，又不孤芳自赏。《这里是北京》不仅在节目内容上表现北京，更重要的是使栏目的灵魂与北京的灵魂相融合，使节目的风格与城市的风格相一致，这个栏目不仅仅可以用眼睛看，用耳朵听，更重要的是，它可以让我们来静静地用心体会。通过电视荧幕，不仅可以传声、传影，而且还要传神。

　　京腔京韵自多情，《这里是北京》独创的具有北京地方特色的语言表达方式，不仅使北京观众产生亲切感，其魅力更可以辐射到全国甚至世界。尤其随着2008年奥运会的临近，北京成为了全国的焦点、世界的焦点。当我们还在趋之若鹜地学习英语的时候，汉语已经悄然成为了世界的一种新潮流，而独特的京腔京韵，更是以其亲切、个性、含义丰富、历史积淀丰厚等特点，为国内观众和国际友人所追捧。

　　中国乃至世界，像北京一样有着悠久历史的古城，并非绝无仅有，北京的特点究竟在哪里？当我们向世界敞开大门的时候，大家到北京来看什么？又能感受到什么？《这里是北京》一直在试图回答这个问题。

　　在《这里是北京》节目里，我们可以看到三个支点——古人、古迹，还有我们。有个词叫"物是人非"，时代变了，主角变了，但是遗迹还在，这就是纽带，就是一座城市生命延续的证据。拿我们最熟悉的故宫来说，当年的过客是明清的二十四位皇帝，今天的过客就是你我等人。看起来相隔数百年的几代人，却可能在同一级台阶上留下脚印，触摸同一件文物，联想起同一个典故。这种今人与古人的默契，使冷冰冰的古迹充满了情感和生命，使不能言语的文物，具有了表达的能力。这正是北京的与众不同，也是《这里是北京》所要传达的信息。由此我们不难发现，其实历史并不遥远、古人并不陌生、文化也有生命。

　　2008年即将召开的奥运会，给北京提供了一个向世界展示魅力的舞台，也为《这里是北京》提供了一个彰显个性的机遇。与此同时，北京卫视、《这里是北京》栏目也在为迎接奥运添砖加瓦，为人文奥运添上浓墨重彩的一笔。北京是世界了解中国的窗口，北京卫视是让世界了解北京的窗口，《这里是北京》则是挂在窗口的一面旗帜，有着鲜明的特点，随风招展的同时，表达着这座城市的热情与期待。让北京的魅力从这里走出去，让世界的关注从这里走进来，让《这里是北京》告诉广大的电视观众，这里究竟是一个怎样的北京。

北京电视台台长　　刘爱勤

2007.10

|目录|
CONTENTS

胤禵在京遗迹   02

古钱币博物馆   09

铜仙承露盘   13

索尼在京遗迹   18

民族服饰博物馆   25

北海石狮子   29

福康安在京遗迹   32

皮影艺术博物馆   40

发现窑神庙   46

刘墉在京遗迹   50

徐悲鸿纪念馆   55

发现刘墉字画   61

纪晓岚在京遗迹   66

睦明唐古瓷标本博物馆   73

发现琉璃过街楼   78

荣禄在京遗迹   82

皇城艺术馆   88

|目录|
CONTENTS

96　　文绣在京遗迹

105　　新文化运动纪念馆

112　　蔡锷在京遗迹

119　　鲁迅博物馆

126　　发现金丝楠木

130　　平谷

137　　上宅文化陈列馆

142　　发现三羊铜罍

146　　鲁迅在京遗迹

154　　宋庆龄故居

160　　发现慈禧太后遗物（上）

164　　齐白石在京遗迹

174　　中华民族园

181　　发现慈禧太后遗物（下）

186　　纳兰容若在京遗迹

194　　古陶文明博物馆

200　　北京豆汁儿

北京记忆

博物馆宝典

北京发现

重访北京城

胤禛在京遗迹

康熙当初立的到底是谁为皇帝继承人呢？

古钱币博物馆

我们带您去北京古钱币博物馆看一看，

在那儿您能了解到几千年的钱币演变过程和钱币家族成员的情况……

铜仙承露盘

在北海众多的古迹当中还藏着一个神秘而珍贵的历史文物……

胤禵在京遗迹

● **胤禵在京档案**

姓　　名：爱新觉罗·胤禵，别称十四爷。

生卒年月：1688年正月初九出生，1755年卒，享年68岁。

死　　因：传说中是一时高兴，胃口大开，月饼吃多了给噎死了。

岗位竞争对手：四阿哥胤禛，就是后来的雍正皇帝。

人生最大困惑：老爸康熙当初立的到底是谁为皇帝继承人呢?

死里逃生：乾清宫外

2

　　胤禵和雍正皇帝，也就是当年的四皇子胤禛，是同母所生，但是感情并不太好。在兄弟之间，胤禵最崇拜最拥护的是八哥胤禩，他对这个

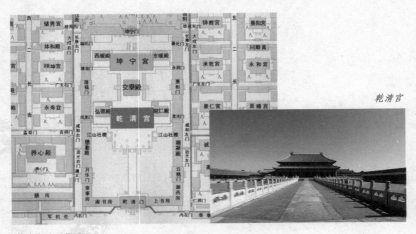

乾清宫

乾清宫地理位置图

康熙皇帝

八哥可以说是忠心耿耿，为此还差点送了性命。话说康熙四十七年太子被废，这时候八哥觉得时机已到，开始谋划争夺储位。但由于手段不高明，最终事情败露，被康熙关了起来。鲁莽的胤禵在乾清宫外当着众人为八哥开脱，言语中激怒了老爸，康熙当时就抽出佩刀要杀死胤禵。不知道是众人阻挠的结果，还是康熙爷本来就只是想吓唬吓唬儿子，反正胤禵最终得以死里逃生。

雍正皇帝

升职分房：西直门内

胤禵能文能武，样样精通，挺招皇帝老爸喜欢的，后来八爷党倒台以后，胤禵自立门户，逐渐在政治活动中崭露头角，第二年，康熙就给他封了个固山贝子的爵位，还在今天西直门内大街给他分了套房子，但是现在这里已经变成了普通的街区，难寻当年的皇家气派了，贝勒府只剩下了一段残墙和当年种下的一棵槐树，成为了胤禵辉煌时期的唯一见证。

槐树

西直门内大街地理位置图

老爸送行：永定门

康熙五十七年的时候，噶尔丹叛乱，康熙爷要挑个靠得住的人去平乱，但是此行除了要带兵打仗，还要安抚少数民族，必须挑个文武全才的才行，于是康熙想到了老十四胤禵，决定派他出征。胤禵这次是以亲王的身份出征的，送行仪式极其隆重，康熙还亲自把儿子送到北京城的南大门——永定门。千叮咛万嘱咐之后目送儿子踏上征途。

永定门老照片

复建后的永定门

如今的永定门，是2004年复建起来的，现在已经没有了城门的功能，只是作为一个标志性的建筑，矗立在那供人们参观，在周围高大建筑物的衬托之下，已经少了些当年的宏伟与壮观。

胤禵在外杀敌，屡立战功，再加上当年出征时的特殊礼遇，使大多数人都认为康熙是有意安排他今后继承皇位的，战时他还回北京一次与老爸商量战略，但没想到此次相见，成为了父子俩的最后一面。当胤禵还在战场上为了父亲的嘱托而奋勇杀敌的时候，远在京城的康熙却已经撒手人寰，留给儿子们一个个永远没有答案的谜团。

夺嫡之谜：正大光明殿

雍正继位是清初三大疑案之一，清世宗雍正皇帝是如何登上金銮宝座

的，历来是众说纷纭，在民间更是传的神乎其神，在这一事件中，十四爷胤禵可以说是仅次于他四哥的二号男主角。如今知道这一件事情真相的，恐怕就只有乾清宫里那块不能言语的"正大光明"匾了。

据说康熙皇帝本意是要传位于第十四子胤禵的，当时胤禵奉旨改名为"胤祯"，康熙临终前写下传位给十四子胤祯的遗嘱，置于乾清宫"正大光明"匾的后面。可是四皇子胤禛，也就是日后的雍正皇帝，设法得到了遗嘱，在笔画上稍作改动，这样就变成了"皇位传于四子胤禛"，然后向大臣和诸皇子宣布自己即位，成为雍正皇帝。也有说是雍正下毒，毒死了康熙，使他来不及口述遗诏，胤禵又身处边疆平乱不能回京。不管原因为何，反正胤禵是没当上皇帝。俗话说胜者王侯败者寇，没有得势的胤禵，未来的境遇也就可想而知了。

兄弟反目：景山寿皇殿

寿皇殿位于景山中峰后的正北面，始建于明代，清乾隆十四年(1749)又进行重修。寿皇殿是仿照太庙建造的，不仅规模宏伟，辉煌肃穆，而且自成一个完整的建筑格局。清代这里曾经是祭祖的地方，殿里供奉过清朝历代帝王像。现在的寿皇殿已经改建为北京市少年宫。据说

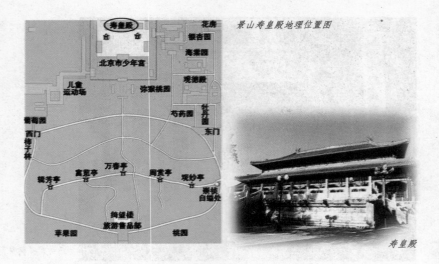

景山寿皇殿地理位置图

寿皇殿

康熙死后，灵柩曾经在这里停放，雍正登基的第二天，便命胤禵返回京城奔丧祭奠。当时胤禵在康熙灵位前嚎啕大哭，近乎失态，对于新登基的雍正态度则十分冷漠，甚至差点发生冲突，兄弟俩的矛盾从此变得尖锐起来。

囚禁地点：清东陵景陵 景山寿皇殿

康熙的丧事办完后，雍正并没有让胤禵重返西北边疆，因为胤禵是唯一一个对雍正的皇位有威胁的人，但两人又是同胞兄弟，所以雍正没

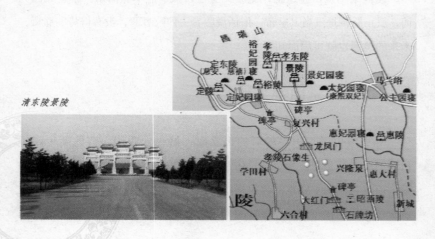

清东陵景陵

忍心杀他，而是先剥夺了他的兵权，又以让胤禵给康熙守灵为理由，将他软禁在河北遵化的清东陵，并命令当地总兵严密监视胤禵的一举一动，以防他与外界串通，图谋不轨。雍正元年，孝恭仁皇后乌雅氏，也就是胤禵和雍正的亲生母亲去世，雍正为了安慰生母的在天之灵，特晋封胤禵为郡王，解除监禁，但没过几天雍正又开始闹心了，怕胤禵对他有什么威胁，又怕落个六亲不认的名声，只能暗中寻找机会对付这个十四弟。后来很多"善解人意"的

孝恭仁皇后乌雅氏

大臣联名上奏，罗列罪名，给雍正创造机会，削去了十四爷胤禵的爵位，又将他幽禁在景山寿皇殿旁边的房间里让他面壁思过，直到雍正去世前，兄弟俩才又见了一面，具体的谈话内容没人知道，但愿兄弟二人在那最后一刻已经解开了心中的芥蒂。

乾隆皇帝

葬于：清东陵附近

雍正去世后，乾隆即位，对被囚禁多年的十四叔格外施恩，传旨解除对他的囚禁，又把他封为辅国公，晋为贝勒，半年后又晋为恂郡王，恢复到雍正初年的爵位了。胤禵在六十八岁的时候病逝，至于死因，我们得到了两种不同的说法：

1.0版：戏说版

据说胤禵当年已没有年轻时候的锐气，无心在朝廷中担任职务，只想远离官场，颐养天年，所以晚年的胤禵过着悠闲的王公生活，整日养

花养鸟，怡然自乐。一次兴致盎然地吃月饼，吃美了，一不留神被月饼噎死了。

2.0版：专家版

● **采访王道成教授**（中国人民大学清史研究所）

因为只有在八月十五才吃月饼，那是正月初六，他吃什么月饼呢？所以说这个传说是不可靠的。

俗话说父债子偿，乾隆皇帝对他这位十四叔恩宠有加，想必是为了弥补老爸雍正当初对人家的亏欠。胤禵死后，乾隆将他葬在距离康熙陵不远的黄花山上，从陵墓的规制上我们不难看出，当初的胤禵在侄子乾隆的皇恩庇护之下，地位是何等的尊贵了。

黄花山上的胤禵陵墓

其实仔细琢磨琢磨十四爷胤禵与雍正皇帝发生的一切，就会发现他们之间并没有什么太大的矛盾，导致兄弟反目的，都是些看不见摸不着的猜忌与传言，至于"雍正继位"这个连当事人都不见得能说清楚的事情，几百年后还在被人们执着地分析来分析去，到现在也没弄个明白，看来这个历史之谜，还得让后人再费些心思了。

古钱币博物馆

我们带您去北京古钱币博物馆看一看，在那儿您能了解到几千年的钱币演变过程和钱币家族成员的情况……

说起德胜门，恐怕没有人会感到陌生，但德胜门箭楼下边有个古钱币博物馆，恐怕知道的人就不多了。它位于德胜门瓮城内的真武庙之中，是华北地区唯一一家常年对外开放的钱币类专题博物馆。

德胜门

古钱币博物馆

第一看点：钱币家谱

古钱币博物馆的第一展厅，可以说是一部中国钱币的家谱，在这儿您能了解到几千年的钱币演变过程和钱币家族成员的情况。从老祖宗贝类币到金属币、铲币、刀币、蚁鼻钱、半两、五铢、交子、铜币、银币等等。自从有交换体制出现起，人们就开始用天然的贝类当做货币

刀币

来使用，那时候货币就叫"贝"而不叫钱。后来由于天然的贝壳容易损坏，所以改用青铜来造钱，但仍然保持贝类的样子。秦统一六国之后也统一了货币，"秦半两"从此诞生，它的圆形方孔设计，被钱币家族顶礼膜拜了2200

秦半两

银币

多年，延续至清后期的钱币样式都是以此为基础设计的。到了清朝末年，由于外国造币技术的使用，用机械制造的无孔铜元、银元的出现，才逐渐代替了方孔圆钱的形制。

纸币元老：至元通行宝钞

在第二展室里，一片花花绿绿的纸币特别醒目，有一张您要是错过了，回家肯定后悔，那就是这张"至元通行宝钞"。这张纸币是所有展品

至元通行宝钞

各类老纸币

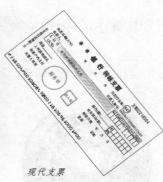
现代支票

中最残破，也是最古老的一张。在另外几张纸币上可以看到，有"凭此票可兑换多少大钱"的字样，不难使人联想起现在的支票，应该说这就是现代支票的雏形了吧。

钱币贵族：金锉刀

在古钱币博物馆第一展厅中，做工最精美的就要数王莽时期的一枚刀币了。王莽篡位后在位七年，却改换币制前后四次，而莽钱中就以这枚锉刀币的制作最为精美了。这枚锉刀币有两寸长，上有"一刀平五

锉刀币

千"五个字。其中"一刀"是用锉金法制作成的，所以称为"金锉刀"。在历史中只有此币是由锉金法制作成的，以后再也没有了。俗话说物以稀为贵，又是黄金锉币，要说它是钱币中的贵族，一点也不过分了。

钱币贺卡：花币

我们今天所见的钱币，大都是在历史上曾经流通的货币，其实当时

压胜钱

还铸造了一些具有封赏、纪念性质的特殊钱币，相当于咱们现在的贺卡明信片之类，它虽然具有铸造钱币的形制，但却没有货币的职能，这就是"压胜钱"，也叫"厌胜钱"。因大多数有花纹的图案，故民间俗称为"花钱"、"玩钱"。压胜钱是我国古钱与民风、民俗渊源关系的体现，上面的图案多与历史上的宗教信仰、民间艺术、社会风俗、神秘文化有关，有很深的文化内涵，具有很高的收藏和鉴赏价值。在第二展厅里，可以看到造型各异的压胜钱，一定能使您一饱眼福。

造型各异的压胜钱

历朝历代的皇帝向来有改朝换代就改换钱币的习惯，可以说钱币的历史映射出中国历史长河的流淌脉络。古钱币博物馆里这一枚枚钱币，在方寸间为我们讲述着过去几千年的兴衰故事。其实在它们身上，还有更多的内涵有待挖掘。如果您有兴趣可以亲自来看看，说不定还有什么意外的收获呢。

铜仙承露盘

有人说："走进北海，就像走进了一幅天然画卷。漫步其中，时时都有美景映入眼帘。"这话说得没错。不过在北海众多的古迹当中，还藏一个神秘而珍贵的历史文物，您可能还没有见过，今天就让文物的发现者带您去探个究竟吧！

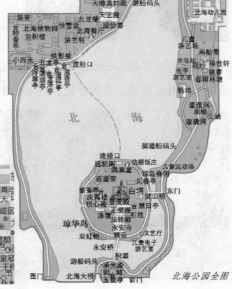

北海公园全图

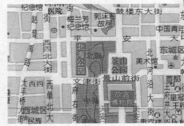

北海公园地理位置图

发 现 者：任先生
发现目标：铜仙承露盘

　　跟随任先生，我们从北海南门进入，穿过长长的永安桥向西，跨过石板桥，沿路踏上琼华岛，途经半月形的阅古楼，攀山路蜿蜒而上，走不多远就看见了这件绝妙的艺术品——铜仙承露盘。据说通往铜仙承露盘的路线一共有三条，咱们刚才选择的只是其中之一。尽管条条大路通罗马，但是因为琼华岛上地形复杂，所以铜仙承露盘一直以来可谓是"养在深闺人未识"。

铜仙承露盘

　　北海以琼华岛为中心景区，琼华岛北坡风景最为迷人。而在琼华岛北坡的所有景物中，最为珍贵、最为特殊的当属铜仙承露盘了。它落户

琼华岛

北海已经有800多年，矗立在半山腰上，四周有汉白玉石栏环绕，中间竖立着蟠龙石柱，龙柱的顶端站立着一个铜制镏金的仙人，仙人身着宽衣大袖的服饰，面向北方，双臂舒展，高举着一个铜制托盘，向天承接着甘露。铜仙承露盘的珍贵，在于它的出身和两千多年来的辗转经历。它铸于清代，却讲述着汉代的故事。传说，汉代人相信神仙可以降露人间，饮服神露，能使人长生不老。对于这种说法，有一个人坚信不疑，他就是汉武帝刘彻。

铜仙承露盘

　　到了清代，这些把长寿视为人生最高理想的君王们，也效法汉武帝在北海建造了咱们眼前的这尊铜仙承露盘，并常用盘中的甘露拌药饮服，意在延年益寿。汉武帝和乾隆究竟得到天赐的甘露没有，古书上没有明确的记载。但可以断定的是，他们都没有成为长生不老的封建帝王。不仅如此，这座铜仙承露盘连自身都难保，在"文革"期间，险遭灭顶之灾。"造反派"将其拉倒，汉白玉石雕龙柱也断为两截。铜仙人被当做废铜烂铁卖到废品收购站，后来被文物部门发现，收藏起来。据说是在陈毅元帅的支持下，于1971年得以复原。

铜仙承露盘和北海的其他景点相比，显得格外幽静，偶尔有游人与之擦身而过，却也只当它是走马观花中的平凡一景而已。

其实仔细观察，就会发现这古迹雕刻得极为讲究。石柱下部有石雕，石中是波涛澎湃的沧海。其余部分雕着翻滚的云朵，一条巨龙盘绕其间。石柱顶为一莲花座，铜仙便立于座上。仙人身材匀称，长袖垂膝，面容端庄，大耳方鼻，前额宽阔，活脱脱一位超凡脱俗的神仙。千百年来，这承露铜仙始终保持当初的姿态，摆出一副不食人间烟火的面容，如此说来，也可以算得上是一位非常敬业的神仙了。

索尼在京遗迹

您要问索尼为什么这么拥戴豪格，

那还得说回到皇太极在世的时候……

民族服饰博物馆

民族服饰博物馆收藏有中国56个民族的服装、

饰品、织物、蜡染刺绣等传统服饰珍品一万多件。

北海石狮子

"永安寺的狮子——头朝里"，

这句歇后语的典故，恐怕很多人就整不明白了……

索尼在京遗迹

您要问索尼为什么这么拥戴豪格，那还得说回到皇太极在世的时候⋯⋯

● 赫舍里·索尼在京档案

姓　　名：赫舍里·索尼

民　　族：满族 正黄旗

家庭出身：知识分子

性　　格：忠诚，死心塌地的忠诚。

家族显赫成员：孙女是康熙的大老婆，儿子是康熙朝权
　　　　　　　力最大的大臣。

曾获得何种处分或奖励：被多尔衮抄家，贬为平民；被
　　　　　　　康熙授予一等忠勇公，死后谥号文忠。

努尔哈赤

索尼出身于知识分子家庭，他的父亲以及后来成为大学士的叔父，都是饱读诗书，而且精通蒙、汉、满三种语言。所以当这个家族所在的哈达部归顺努尔哈赤以后，索尼和父亲、叔父三人不但被提拔到了文馆理事，而且还被授予"巴克什"的称号。"巴克什"翻译过来就是"有文化的人"的意思，不过索尼可不是个书呆子，就像每个骁勇善战的游牧民族男人一样，索尼在沙场上也是好样的。

与豪格的生死之交：崇文区 广渠门桥

皇太极　　　多尔衮

崇德八年八月，皇太极突然去世，死前也没来得及立下遗嘱说让谁来继位，这下子两黄旗和两白旗为了争夺皇位，几乎真刀真枪地打了起来，多尔衮急忙跑到沈阳故宫的三官庙，打听索尼对继承人的意见。索尼虽然不是王爷贝勒，但也是忠于皇太极的两黄旗的关键人物。面对一心想继承皇位的多尔衮，索尼直言不讳地说："先帝有皇子在，必立其一，他非所知也。"索尼所说的皇子，指的就是皇太极的长子豪格。

沈阳故宫

广渠门老照片

您要问索尼为什么这么拥戴豪格，那还得说回到皇太极在世的时候。那是天聪三年，后金军队第一次突破长城防线，远袭明王朝的京师，其中豪格率领一支军队从广渠门攻打到北京城。

● 采访李景屏教授（人民大学清史研究所副教授）

广渠门当时叫"沙窝门"，长了很多芦苇，这个地方没有什么人烟，这样军队就可以散开，速度可以非常快。双方在广渠门打了六个时辰，豪格作战非常勇敢，他是皇太极的长子，在和袁崇焕的军队交战当中陷入重围，是索尼冲进去把他给救出来的。

索尼和豪格是生死之交，用今天的话来说，那就是一个战壕的，但是尽管索尼誓死拥立豪格，这位皇长子却在关键时刻假谦虚，说自己福小德薄，没资格继承皇位，想使个以退为进的战术，却不承想其他几个各自心怀鬼胎的王爷贝勒没人接茬儿，豪格一气之下拂袖而去，这下眼看咄咄逼人的多尔衮就要得势，一直守在外面的两黄旗大臣索尼不干了，和鳌拜带着剑就冲进去了，说我们这些人所衣所食都是由先帝提供的，如果你们要是再不立先帝之子的话，我们宁肯死于地下。他不是说自杀，实际上就是要拼命。

鳌拜

还别说，这位先帝的铁杆支持者索尼，还真把多尔衮给镇住了。多尔衮赶紧提出，立5岁的福临继承皇位，由他和郑亲王济尔哈朗担任辅政大臣。索尼也是个审时度势的聪明人，反正福临也是皇太极的儿子，他也就不再支持立豪格，一场一触即发的内讧就此平息。不过多尔衮摄政期间，索尼可就没好日子过喽，又是被抄家，又被贬为平民，还守了好几年的昭陵。

20

四大臣辅政：紫禁城 乾清宫

为了拥立福临，保护幼主，索尼付出了巨大的代价。他的忠贞不

乾清宫

故宫全景图

贰，使得福临亲政以后立刻对他加以重用，不但让他重新回到工作岗位，还晋升一等伯，总管内务府，真真儿是顺治朝的大红人一个。

1661年2月，8岁的玄烨，也就是康熙，继承王位，按照顺治的遗诏，命大臣索尼、苏克萨哈、遏必隆、鳌拜为辅臣，协助年幼的康熙处理朝政，时政进入了四大臣辅政的局面。

索尼作为四朝元老，在四大臣中年龄最大，威信最高，他能走到这一步，完全不是凭关系走后门，而是靠自己的真才实学，再加上死心塌地的忠诚换来的。

一步登天：西城区 兴华胡同

兴华胡同

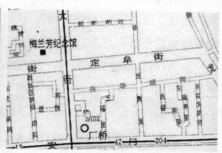

兴华胡同地理位置图

1665年，康熙到了该结婚的年龄，深谋远虑的孝庄皇太后为了给皇帝日后亲政铺平道路，决定拉拢索尼，借此分化四个辅政大臣的势

康熙皇帝

孝庄皇太后

赫舍里氏皇后

力，于是从一大堆候选人当中选择了索尼的孙女赫舍里氏做皇后。这招果然奏效，这边索尼激动得涕泗横流，那边呢，三个大臣一肚子意见。

● 采访李景屏教授（人民大学清史研究所副教授）

四大辅臣之一的苏克萨哈就说，年庚不符，因为索尼的孙女比康熙大。那鳌拜当时和索尼是那么患难与共，两个人一块儿佩着剑冲进崇政殿，可在这个时候他居然说，索尼家乃满洲下人，因为（索尼所在的）哈达部是被努尔哈赤给灭的，所以他的家族在当时来讲是从被灭后归顺的奴仆当中给提拔出来的。遏必隆心里头也不满意，因为当时一块儿参选的还有他的女儿，遏必隆认为他的女儿是应该做皇后的。

孙女当了皇后，索尼家族等于一步登天，由一个大臣变成了显赫的皇亲国戚，这下好了，远的近的，认识不认识的都找上门来了，索尼家的府邸简直应付不过来。

按照《乾隆京城全图》记载，索尼的家就在今天的北京西城区厂桥附近的兴华胡同。兴华胡同原来叫兴花寺街，康熙十年，兴花寺街东段路北的几个院落都归索尼家所有，一直到清末民初，这些院落在一次豪赌中被作为赌注输掉了，索尼的后人才陆陆续续离开兴花寺街，有的甚至改名换姓。

● 采访李明（索尼家后人）

当时家里边儿已经破落了，出去找工作吧，当时就很难，八旗子弟那会儿就是提笼架鸟，什么都不会干，所以人家不愿意用。再一个就是说，一听到你这个姓氏当时地位比较高，是不敢用。不知道您这个家族什么时候又东山再起，对你好了还好，对你不好了弄不好就有杀头之罪。这样呢不得已就改成汉姓了，因为家里边原来姓赫舍里，所以用最后一个字的同音字，赫舍里的"里"，我们就改成汉姓那个"李"。

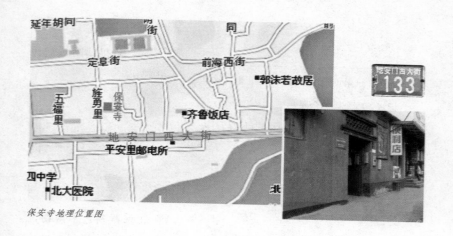

保安寺地理位置图

家庙保安寺：地安门西大街133号

索尼家族的家庙保安寺现在是民居，门牌号码是地安门西大街133号。根据记载，保安寺原来有三层殿宇，其中正殿中供奉着十八罗汉，后殿供奉娘娘，其实早在解放前这就住上了人，不过远远没有现在这么拥挤。

● 采访附近居民

我们小时候（殿里边）就有佛爷，我们小时候上里头玩儿去，藏那个大佛爷后头，那里头黄鼠狼子多着呢！

现在院子里还留着四个碑，有一块起码还骄傲地保持着一块碑的形象，碑首篆刻着"保安禅寺碑记 辅政大臣索尼撰"的字样，这三块石碑的碑身基本上就成了房子的一面墙。驮碑的赑屃们普遍比较惨，或者变成了台阶，或者跟垃圾水泥混在一起。表情极其忍耐。

保安寺中的石碑

居民：这是正殿，你看，这是正殿，这是一个仓库。

记者：哪个厂的仓库？

居民：房管局的，原来是电视机厂的仓库。

葬：西直门外 索家坟

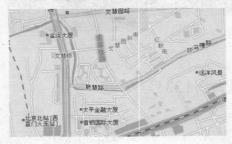

索家坟地理位置图

在北京石刻艺术博物馆里，陈列着一座康熙六年为辅政大臣索尼立的诰封碑。索尼正是在康熙六年去世的，这块碑是西直门外索家坟目前仅存的一块驮龙碑。

据文字记载，原先索家坟占地40多亩，坟地正中间是一等伯索尼墓葬的大宝顶，就在今天北京移动公司西直门营业厅的位置。

驮龙碑

碑文

赫舍里·索尼，大清朝一代忠臣良将，以自己的学识和本分改变了卑微的奴仆身份，是"知识改变命运"的优秀代表，更难得的是，虽然已经做到了四大辅臣之首，虽然成了皇亲国戚，索尼却依然宠辱不惊，忠心耿耿地尽着一个臣子的本分，与同时期猖狂的鳌拜形成了鲜明的对比。也因为这一点，索尼在晚年被康熙授予"一等忠勇公"的光荣称号，并在去世之后又被加封谥号"文忠"，更进一步肯定了他这辈子对皇上的忠诚，人生可谓善始善终，功德圆满。

民族服饰博物馆

民族服饰博物馆收藏有中国56个民族的服装、饰品、织物、蜡染刺绣等传统服饰珍品一万多件。

民族服饰博物馆

民族服饰博物馆位于朝阳区和平街北口，北京服装学院的综合楼内。步入展厅，您会被众多精美绝伦的服装服饰所吸引。博物馆分为综合展厅、苗族服饰厅、金工首饰厅、织绣染品厅、老照片厅五个部分。收藏有中国56个民族的服装、饰品、织物、蜡染刺绣等传统民族服饰珍品10000多件。

综合展厅

苗族服饰厅

金工首饰厅

织绣染品厅

老照片厅

美丽的证明：苗银花冠

银饰

金工首饰厅汇集了各种各样的金银饰品，有的原始粗犷，有的精密细致，由此可见，我国很多民族都有佩戴金银饰品的习惯。展厅中以银饰居多，而这当中最漂亮的要数苗族姑娘所佩戴的银饰了，尤其这顶银花冠更是光彩夺目。馆长杨源说："姑娘戴着它走动的时候它会晃动，下面的银铃会发出清脆的响声，在苗族山寨里经常是这样的，未见其人先闻其声。一听见银铃响，就知道头戴花冠的漂亮女孩子要出来了，小伙子的耳朵就都支起来了。"据介绍，这两顶花冠每顶都有银花300多朵，仔细看，银花上还饰有蜻蜓、螳螂、蝴蝶、蜜蜂等昆虫造型，十分精巧细致。银饰对于苗族姑娘来说有着极其重大的意义，她们在参加聚会时，从头到脚都要佩戴十几公斤重的银饰，银饰成为了富有和美丽的标志。

银饰冠

苗银花冠局部图

　　杨源说："苗族女孩子佩戴这样的银饰去跳芦笙的时候是非常美的，小伙子们就在芦笙场的外头看哪一个女孩子最漂亮，他们衡量美的标准不是她的脸，而是她佩戴的银饰的多少，还有她是不是很健壮，是不是胖胖的，这样的女孩子能够比较容易找到婆家。"

丰富的嫁妆：织锦被面

　　北方民族擅长纺织毛织品，而南方民族擅长纺织棉麻等织品。展厅中的这十几件织锦，就是南方民族织锦中的极品，它们距今已有几百年的历史了。据考证，汉代的织锦业就挺发达，面前的这些织锦不但吸收了中国历代织锦的精华，而且还融入了每个民族的生活习惯和文化特征。如今这些织锦被小心翼翼地珍藏在博物馆里让人们细细品看。可是您要知道，当初这些精美的织锦只是新娘陪嫁的被面。据说每一个女孩出嫁前都要为自己织床单被面，而且谁的被面越多、摞得越高，就证明谁越勤劳能干，那么她在婆家的地位也就越高。看来摆在我们面前的就是当时这些待嫁的姑娘们的杰作了。

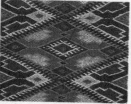

织锦

赫哲族的夏装：鱼皮衣

　　综合厅可以说是中国南北服饰的大荟萃了，宽大厚实的蒙古长袍、华丽的清代宫廷服饰，中国各民族绚烂多姿的服饰在这都得到了充分的展示。但在众多的服饰中，一件不起眼的服饰却令人伫足，这就是赫哲族的夏装——鱼皮衣。

鱼皮衣

据介绍，这件鱼皮衣是用几十斤重的大马哈鱼的鱼皮拼接缝制而成的。鱼皮衣曾经是赫哲族特有的服饰，但如今随着生活条件的改善，赫哲族人不再穿鱼皮衣，这种工艺也就濒临失传了。

● 采访杨源（民族服饰博物馆馆长）

为了抢救和保存赫哲族的鱼皮服饰工艺，我们在1999年和2000年专门到赫哲族聚居的同江、饶河一带，寻访还能制作鱼皮衣的赫哲老人。我们请他们专门为我们制作了一套鱼皮衣，非常详细地记录了制作鱼皮衣的过程，然后把这个鱼皮服饰和制作工艺保存在我们这里。

您看这鱼皮衣是经过精心剪裁而成的，白色部分是取自鱼肚子，黑色部分是取自鱼的脊背，而这袖口领边的花边材料，是取自另一种叫怀头鱼的鱼皮了。

一部活的服装发展史：苗族服饰

这个展厅是专门为苗族服饰开辟的，因为苗族服饰在中国服饰的发展中有着极其重要的地位。据统计，苗族有100多个支系，每一个支系的服饰都风格迥异。而中国服装史上任何一个时期的服装款式，您都可以在苗族服装里找到，因此苗族服饰被称为"一部活的服装发展史"。如今民族服饰博物馆收藏有苗族服饰100多个种类2000多件，而这里展出的每一套服饰都代表着苗族的一个支系，而苗族古老的文化传统，也都倾注在这一件件精美的服饰之中了。

面对博物馆内绚烂多姿的各民族服饰，我们只是把其中一些特色服装服饰给您做了介绍，其实您到这里来看看，会发现更多的精彩之处，而且通过欣赏这些充满民族神韵的传统服饰，您还能大开眼界，了解到服饰背后各民族深厚的文化底蕴。

苗族服饰

北海石狮子

"永安寺的狮子——头朝里"，这句歇后语的典故，恐怕很多人就整不明白了……

要说咱北京的石狮子那可不稀罕，在宫殿、王府、寺庙、陵墓、园林、民宅的门前，您都可以瞧见。有人估计，现在北京的石狮子至少有上万头。围绕着石狮子，还有不少歇后语，像有一句"卢沟桥上的狮子——没数儿"，说的是卢沟桥上雕刻的石狮子，大大小小数不清楚，然而我要是再给您念叨一句，"永安寺的狮子——头朝里"，这典故，恐怕很多人就整不明白了。

发现者：白女士

发现目标：永安寺石狮

这个头朝里的石狮子就在北海公园琼华岛的前山坡上。按说在门口放个石狮子当摆设，为的是讨个吉祥，震唬住外人，这狮脑袋通常是朝外的，可永安寺的石狮子却把屁股冲着门外，这究竟是为什么呢？

北海公园琼华岛的石狮子

永安桥旁的石狮子

　　北海公园里的这个大石桥叫永安桥，两侧有牌楼，牌楼两侧各有一对石狮，这在我国古代造桥形式是常见的。白女士说："先有的这个桥后有的这组建筑，为保护这建筑的形式，把这个建筑和这个桥给它一个承前启后的过程，让它保持不间断的形式，但是这个石狮子又不想给它去掉。"白女士的这个说法，是从北海公园的布局结构上解释的，这狮子为啥头朝里，还有另一种说法。

● 采访白女士

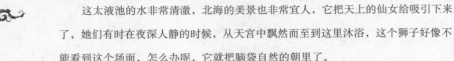

　　这太液池的水非常清澈，北海的美景也非常宜人，它把天上的仙女给吸引下来了，她们有时在夜深人静的时候，从天宫中飘然而至到这里沐浴，这个狮子好像不能看到这个场面，怎么办呢，它就把脑袋自然的朝里了。

　　永安寺的狮子头朝里还有一个意思，是讽刺人自私，光考虑自己不考虑别人，这大概是说这门口的狮子本来是用来看门护院的，可它只顾自个儿安生闲在，屁股朝外，对门外的事不管不问。其实呢，狮子脑袋的朝向并没有错，就看您从哪个方向看了，要真是拿它来形容自私，这狮子是不是有点儿忒冤了。

　　北海的永安桥是座美丽的桥，它把太液池的水面自然分开，又把团城和琼华岛连接起来。这桥头的狮子亲自见证了北海公园这座皇家园林几百年的变迁，甭管它的头朝哪边，都是饱经沧桑、见多识广吧。

福康安在京遗迹

我们带您去了解一下福尔康的原形，

看一看现实中的福康安到底是个什么样的人……

皮影艺术博物馆

如果说每一个皮影作品都是一个生命的话，

您在第一展厅看到的就是构成这些生命的一个个细胞……

发现窑神庙

今天我们栏目的老朋友齐先生，

就带我们一起去一座京西煤矿业发展的见证——北京唯一一座窑神庙看一看。

福康安在京遗迹

我们带您去了解一下福尔康的原形，看一看现实中的福康安到底是个什么样的人……

● **福康安在京档案**

姓　　名：福康安

艺　　名：福尔康

外　　号：小诸葛

民　　族：满族

婚姻状况：老婆孩子都不少，但绝对没有娶《还珠格格》里那个紫薇公主。

主要社会关系：姑父　乾隆皇帝

　　　　　　　父亲　一等大学士　傅恒大将军

一生的困惑：我到底是谁的儿子？

　　要说起福康安，大家不一定很熟悉，可是要说起福尔康，您一定再熟悉不过了，他可是在多部电视剧里出头露脸，可是每部电视剧中的福尔康，性格、做事情的方法都不大一样。像《还珠格格》里的福尔康就是一个大情圣，还有《铁齿铜牙纪晓岚》中那个和珅的跟屁虫等等，您可能都看得不知道该相信哪个了。不过不要紧，我们今天就带您去了解一下福尔康的原形——现实中的福康安到底是个什么样的人。

北河沿大街83号

子民堂

出生地点：北河沿大街83号子民堂

傅恒

1754年，福康安出生于北河沿大街83号，现在这里是文化部的一个办公场所，民国的时候这里住过蔡元培老先生，改名为子民堂。但是您知道么？这里早年间是福康安的父亲傅恒的宅邸。福康安的老爸傅恒在当时的清朝可是个大名鼎鼎的人物。

● **采访富察玄海**（福康安后人）

傅恒在乾隆年间被封为一等功、兵部尚书、太保、太傅、军机处行走。

这职务差不多相当于现在的三军总司令。由此不难看出，今天的主角福康安出身高贵，但是有传闻说福康安的出身可能更为高贵。

版本A

有人说福康安是乾隆的私生子。民间传说，傅恒的妻子是满洲出了名的大美人，入宫拜见乾隆爷的时候给乾隆爷一眼就看中了，于是就像小说情节似的，两人有了私情，生下的孩子便是福康安。福康安有两个哥哥，大哥被封为金罗额驸，二哥被封为和硕额驸。两个哥哥都做了驸马，只有他，虽然最得乾隆恩宠，却反而没有成为驸马，不知内情的人便引以为奇。而且他的爸爸傅恒还几次请求乾隆皇帝让福康安也娶个公主，乾隆只是笑笑，并不答应，这不由得让人产生了怀疑：福康安既然自幼就被乾隆喜爱，为什么乾隆偏偏不将公主下嫁给他，使他成为地位显赫的驸马呢？难道是因为福康安本来就是龙种？福康安到底是不是乾隆的私生子，要是放到现在，只要验证一下DNA就可以了，可那时候没有这条件啊，所以也只能成为一大历史疑案了。

版本B

福康安的后人说，绝对没有这回事。乾隆皇帝之所以这么喜欢福康安，是因为福康安是乾隆皇帝的亲侄子，个性又和乾隆很投合，所以乾隆皇帝才格外宠爱，绝对不是因为他是自己的私生子才宠爱他。

其实乾隆喜欢福康安，还有一个理由，那就是乾隆爷用人不光要能干，还得漂亮，福康安、和珅这俩帅哥就占了这个便宜，不像纪晓岚，长得困难，就只能全凭苦哈哈地干活赢得领导的信任了。

乾隆皇帝

和珅

纪晓岚

成长地点：地坛 老营房

前面说过了，福康安从小就受到乾隆皇帝的格外恩宠，在他还很小的时候，乾隆就将他带到宫里面，亲自调养，待他就像亲生儿子一样。等福康安稍微长大之后，根据不是皇子就不能待在内宫的规矩，只好让他回到了他的家族镶黄旗的老根据地——地坛东边的老营房一带。现在

地坛老营房

这里虽然已经被拆平成了居民区，可我们还是可以从福康安的后人那里了解到当时福康安在这里的一些故事。

● 采访富察玄海（福康安后人）

现在这个老营房，叫547兵工厂，现在已经没了。这边都是老营房遗址，现在也变成了楼房，福康安少年、青年时期策马于地坛东墙老营房一带，在这儿习武。

富察玄海先生又带我们去看了一下离老营房不远的地坛，我们在地坛的东北角发现了一根像旗杆一样的物件。这在天坛、日坛、月坛都是没有的，可见不是皇家祭祀时的必需，难道这根旗杆还和我们的主人公有着关系？

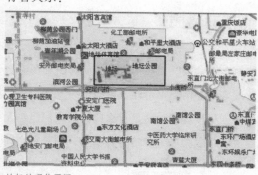

地坛地理位置图

旗杆

● 采访富察玄海（福康安后人）

富察氏家族的兴衰和地坛有很大关系，这里面有一个小故事：从福康安封王以后，再没有出过大人物，这是因为乾隆非常迷信，有人跟他讲，富察氏这个家族辈辈出高人，乾隆怕影响皇权，就在地坛祭坛中间立了一根旗杆，叫赶神鞭。

看来这根旗杆的来历还真不小，不知道是否真有风水这么一说，反正据说从此以后福康安的家族再也没有出现过什么高人。

成年居所：东四牌楼二条 外交部宿舍

东四二条 外交部宿舍

福康安长大以后就住在这里，现在这里是外交部宿舍，院子里的这几棵大树据说就是当年福康安亲手所种的。现在他的老宅子已经拆得看不出原来的规模，就只剩下了这几间厢房。

据说福康安作战勇敢，足智多谋，可以说是个常胜将军。这不是么，刚住到这里不久，乾隆皇帝就又马上赐给了他一座花园。

受封三贝勒花园：北京动物园

啊？赏赐给他一座动物园？不会吧？当然不是了。动物园是在福康安的御赐花园基础上慢慢发展来的。但是很奇怪，当时福康安所受爵位是贝子，但是他的花园却叫做三贝勒花园，这是什么原因，我们已经无法考证了。这里在清末扩建成农事试验场，栽培各种植物，驯养观赏动

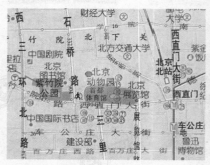

北京动物园地理位置图

北京动物园

物，两年后对外开放，称万牲园。解放后经全面整修扩充，辟为西郊公园，1955年更名为北京动物园。话又说回来了，能受封这么大一个花园，那功绩肯定不小。在清朝，所有功绩里最看重战功。想要立战功，那就得有一帮子肯为你卖命的人，所以体不体恤下属就很重要。

这里还有一个故事。据说福康安每次打完胜仗之后，都要给他的下属大发军饷，乾隆皇帝为此专门责备过他，但是他含着泪说，每次跟我出去打仗的都是我的兄弟子侄，有的还是我的长辈。出去1000人能回来500人就是好的了，打了胜仗怎么能够不好好赏赐他们呢？乾隆皇帝听了也没有什么好说的了，只好摆摆手让他退下。如此看来，难怪有这么多人为他卖命了，可见我们的福康安大将军还是很体恤下属的。

功绩见证：东四牌楼马大人胡同 福康安家庙

乾隆五十一年十一月，台湾发生战乱，乱军一路上攻城克地，气焰十分嚣张。乾隆五十二年八月，乾隆皇帝命福康安为大将军，前往台湾降伏叛军。福康安大军开到以后，并没有立刻与叛军开始短兵相接的苦战，而是对叛军分化瓦解，以攻心战为主，各个击破。叛军头目没多久

福康安家庙旧址

就被抓获，直接押到北京。一个月后，另一头目也被福康安抓获，并且在台湾府城就地正法，自此台湾叛乱全部平息。

据说福康安在攻打台湾的时候，在海上遇到了很大的风浪，就在这个紧要的关头，天空中出现了许多大鸟，为他们遮住了倾盆大雨，海里又游来了很多的大鱼为他们护航。回来之后福康安觉得这次平定台湾之所以能够这么顺利，全是靠妈祖娘娘的保佑，所以就奏请皇上，想在北京盖一座妈祖庙。乾隆皇帝马上就批准了福康安的奏请，于是就有了我们眼前这座北京唯一的天后庙。

死后追随领导：葬于清东陵

福康安一辈子可以说是个常胜将军了，可是却在湖北遭遇了他的滑铁卢。这也是福康安的人生最后一战，因为他就战死在了这场战役中。关于他的死还有不同的说法。

版本A

福康安受旨到苗疆镇压起义军。山间云雾缭绕，如海浪翻滚。他猛然在灰蒙蒙的雾海中看到一座山峰，如同老太太背着一个孩子在茫茫洪水中逃难。福康安凝神片刻，触景生情，想起了自己的母亲，于是就问身边的人这是什么山，部下说是"背儿山"。福康安叹道："小的时候，我母亲也经常这样背着我，就和这两座山的样子一样，看来我今天得战死在这里了！"说完，泪如雨下。这时正好义军杀来，福康安死于背子岩下。

版本B

嘉庆元年五月，福康安受旨到现在的湖北一带镇压叛军。到达之后没想到叛军实力太大，福康安节节败退，但是最后还是没能逃过叛军的

吴三桂

追杀，战死在了湖北凤凰城。

　　不管到底哪一种说法是正确的，一代将星就这样陨落了。福康安去世以后，乾隆悲痛万分，并且马上追封福康安为文襄郡王。在清朝，除清初如吴三桂等为平定各地反抗势力，立下赫赫战功的将领外，异姓封王者仅福康安一人。而且福康安死后就葬在清东陵的旁边，也算是生前身后一直都追随领导了。

清东陵

皮影艺术博物馆

如果说每一个皮影作品都是一个生命的话，您在第一展厅看到的就是构成这些生命的一个个细胞……

2004年初春，北京第125家博物馆正式开馆，它位于通州区马驹桥金桥花园16楼四单元，由一座三套居室改造而成的，这就是皮影艺术家崔永平夫妇私人创办的"北京崔永平皮影艺术博物馆"。

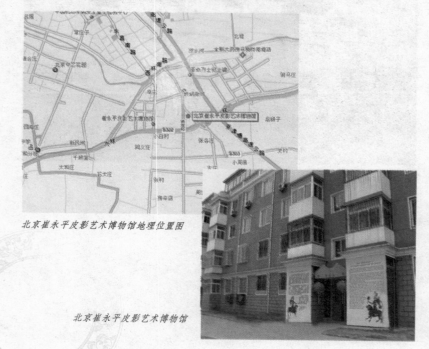

北京崔永平皮影艺术博物馆地理位置图

北京崔永平皮影艺术博物馆

寻根问祖：皮影戏的诞生

进入皮影博物馆，您先跟我到第一展厅来看看。如果说每一个皮影作品都是一个生命的话，您在第一展厅看到的就是构成这些生命的一个个细胞。颜料、毛笔、各种粗糙的皮革、大小不一的刻刀，以及一个个初现端倪的皮影雏形，将距今2000多年的皮影戏发明制作过程一一展现在我们面前。

中国人自古讲究寻根问祖，作为中国传统文化的载体之一，皮影艺术自然也不能忘本。了解它的根脉，是您了解皮影艺术的必修课程。一块又硬又厚的皮子，转眼间就能翻着跟头满世界跑，这其中的奥妙就在皮影人物身上那些灵活的关节中，人家不用补钙照样劈腿劈叉。您看看这些皮影分解后的各个部位，就知道它们每个动作的关键

点在哪儿了。其实要说制作皮影跟当外科医生差不了多少，胳膊腿哪弄错了都得出大乱子。

皮影雏形　　　　*皮影制作*

墙里开花墙外香：国外汇演照片、海报

走进第二展厅，虽然还没见着精美的皮影作品，但你别急着一掠而过，好好看看这里展出的国内外皮影戏汇演的说明书、海报以及照片等等，它们见证了皮影艺术在国内外演出的一些精彩瞬间。更令人关注的是，其中有很大一部分都是海外演出的海报，照片上也不难发现老外们

Nepal Tibet Indien
Pakistan Seidenstraße

皮影海报

的灿烂笑容，正应了那句"墙里开花墙外香"，皮影艺术在国际上打造了又一个于美轮美奂中隐含着神秘奇特的中国印象。

500人合影留念：皮影头像

500人合影，相纸就是一面墙大小的幕布，那上边的500个皮影头像汇集了中国戏曲中的生、旦、净、末、丑，它们都诞生于崔永平夫妇手下。我们听说这些头像是在2003年"非典"期间崔永平夫妇亲手缝到幕布上去的，如今成了第三展厅的最大看点。每个头像都缝了

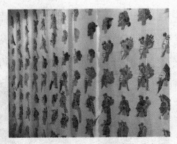

500个皮影头像

7针，500个头像3500针，对于早在1993年就因中风导致右手瘫痪的崔永平来说，每一针都是挑战。如今您看到的这500人大合影，500张面孔，500个形象，500种神情，绝无雷同，敢说世界独此一家。

入得厨房出得厅堂：伴奏乐器展览

墙上的抽油烟机告诉我们，这第四展厅是由厨房改造的。由于空间狭小，这些演出用的乐器以及录音设备罗列在一起，仿佛不是展示，而

仅仅是储藏在这里。不难看出，崔永平夫妇尽全力利用空间，把更多的东西展现给我们。您别小看这些乐器和设备，它们可是支应过大场面的，保不齐哪把胡琴就曾经漂洋过海，大显身手呢，现如今只能委身于厨房，只求与参观者一面之缘了。

由厨房改造的第四展厅

千金难买皮影作品：十八层地狱

在第六展厅里，有两处我得特意指给您看看：这套作品叫"十八层地狱"，形象生动地表现了传说中十八层地狱的各种酷刑，让人看了不禁毛骨悚然。其实十八层地狱这一说法的根本目的，是教化人们弃恶向善，这一皮影作品形象地诠释了"多行不义必自毙"的道理。曾经有位美国游客要出高价购买这套皮影作品，崔永平先生一句"十万也不卖"才使我们今天有幸一睹它的风采。

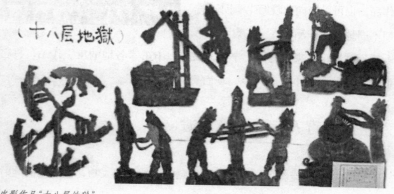

皮影作品"十八层地狱"

素面朝天：白茬皮影

　　美的最高境界是素面朝天，皮影作品也如此。在第六展厅里的另外一大看点，就是这套白茬皮影。所谓"白茬"，就是没有经过上色的半成品。没有色彩的渲染，令我们可以更专注于它的刀工之精细。后来我们得知，眼前这样一个精美的皮影人物，是经过3000多刀的细致雕刻才诞生的。看来天生丽质、素面朝天，还真不是件容易的事情。

白茬皮影

"外来人口"开大会：各地皮影作品展

　　这座博物馆的最大特点在于小而全。在有限的空间里将皮影艺术沿着纵向横向两条脉络展开，让我们既可以纵观自明清以来各个时期的皮影作品，也可以横向比较诞生于同一时期不同地域的作品特点。在第五、第

各地皮影作品展

七展厅就展出了来自青海、宁夏、陕北、山东等各地的皮影作品，将它们聚集在一起开个代表大会，场面真可谓壮观了。

双手对舞百万兵：皮影表演

　　在这里您还能看到一组组我们耳熟能详的故事人物，虽然他们此时

此刻是静止的，但我们不难想象到，它们一旦走上台活跃起来，就风光无限了。"一口叙说千古事，双手对舞百万兵"，说的就是这皮影表演。

现场皮影表演

在皮影博物馆里，您能够亲身体会到这句话的意味。或许您从前看过皮影表演，但肯定只是在台前，当我们绕到后台时，看到的是另外一场默契配合的皮影戏。

崔永平夫妇平时还会亲手制作一些皮影，一是为了带徒弟，再有就是想过瘾了。如果您有空，不妨带孩子过来看看这皮影表演，这对于生活在都市中，满脑子充斥着字母和符号的孩子们来说，无异于一种心灵上的回归自然。更重要的是，对这样一个私人博物馆艰难的建馆过程了解之后，您才会发自内心地感慨："世上无难事，只怕有心人。"

发现窑神庙

今天我们栏目的老朋友齐先生，就带我们一起去一座京西煤矿业发展的见证——北京唯一一座窑神庙看一看。

窑神崇拜

门头沟的采煤业距今已有上千年的历史，可以追溯到辽金时代。就在采煤业生产水平不断提高的同时，人民也创造了绚丽多彩的煤业文化，其中有一块很重要的部分，就是对窑神的崇拜。今天我们栏目的老朋友齐先生，就带我们一起去一座京西煤矿业发展的见证——北京唯一一座窑神庙看一看。

发 现 者：齐鸿浩

发现目标：北京唯一的窑神庙

供奉窑神的庙

据齐老先生说，在门头沟地区供奉有窑神的庙不少，但多数都是窑神和别的神仙供在一起，像这种专门供奉窑神的庙，在全北京市只有这么一座。齐老先生是在十多年前发现这座庙的，今天我们还能找到吗？让我们抓紧时间去看看吧。

残破的窑神庙

经过一番回忆和寻找，我们终于找到了这座窑神庙，看着已经非常残破，但规模却还真是不小。那是什么人、为什么修这座庙呢？

齐老先生说："因为门头沟产煤业比较发达，煤窑比较多，修建这个庙，窑主主要是为了发财，窑工是为了祈求平安。"

原来庙是为了保佑财运亨通、人身平安修的。齐老先生还跟我们说，这里供奉的窑神，跟其他地方的都不一样，并不是常见的老子啊、火神祝融啊什么的，而是土生土长的当地矿工。

● 采访齐老先生

人们都管他叫魏老爷，这个人急公好义、乐于助人，而且对煤窑当中各种活计相当精通，他看看就知道什么地方有煤，你就在这打，就能看见煤。他又多次在煤矿事故中下去救矿工，所以门头沟这边就认他为窑神。

看来这魏老爷放到现在，一定是国家级劳动模范了，换句时下的话说应该是"永远活在我们心中"了。而且齐先生跟我们说，别看现在这里已经破落了，但是在那个时候，这里的香火还是非常旺盛的。当时的门头沟县城，就是在这儿办公的。

看完窑神庙，齐老还觉得意犹未尽，决定再带我们去当年祭祀窑神的大戏台看看，里面进不去了，只能在外面看。大门紧闭，看来我们今天来的不是时候。可是齐老好像并不甘心，原来从后面可以绕进来，让我们赶紧一睹这座大戏台的真面目吧。

这座戏台修得很精致，戏台搭在一两米高的台基上，青灰色的瓦铺

戏台局部

在顶部，镂空木雕的飞龙作为房檐的装饰，柱子上有泥塑的兽面柱头，虽然经历了几百年的风风雨雨，但还是清晰可见。齐老先生告诉我们，这个戏楼最早是由山西商人修建的，后来划成了窑神庙的庙产。虽然现在这个大戏台已经废弃不用了，但是我们从它的规模上不难想象出当年每逢祭祀时一片歌舞升平的景象。如果有兴趣，您就亲自到门头沟龙泉镇来看看吧。

门头沟龙泉镇地理位置图

门头沟龙泉镇

刘墉在京遗迹

礼士胡同29号据说曾经是刘墉的家，

如今这里已经成为私人住宅，

我们没能进入院内拍摄，

但几经周折终于找到了当年拍摄的影像资料，

才使我们有缘一见这座宅门儿里的真实面目……

徐悲鸿纪念馆

现在的馆长是徐悲鸿先生的夫人廖静文，

她在徐悲鸿先生去世后，

把徐悲鸿的所有作品以及他收藏的唐、宋、元、明、清

及近代书画家作品1200多件，

还有中外美术书籍、画片、碑拓10000多件，全部献给了国家……

发现刘墉字画

据说刘墉印章上的字，还是乾隆皇帝赐给他的，

另外，还有惊喜带给您……

刘墉在京遗迹

礼士胡同29号据说曾经是刘墉的家，如今这里已经成为私人住宅，我们没能进入院内拍摄，但几经周折终于找到了当年拍摄的影像资料，才使我们有缘一见这座宅门儿里的真实面目……

一部电视剧《宰相刘罗锅》，造就了一个其貌不扬的影视新星——刘墉。有人因为著名而被戏说，有人因为戏说而著名，刘墉绝对属于后者。今天咱也凑回热闹，一块去看看，这刘罗锅到底是个啥样儿的人。

● 刘墉在京档案

姓　　名：刘墉
出生日期：1719年
享　　年：86岁
祖　　籍：山东诸城
特　　长：书法
婚姻状况：本来一个老婆三个妾，到了晚年，因为
　　　　　没儿子，就又娶了几个小妾。
主要家庭成员：老爸刘统勋，是纪晓岚的老师，
　　　　　　　而且他们一家子没少出名臣，被康熙誉为"天下第一家"。
一生最大遗憾：长的有点对不起观众，传说就因为这个没能当上状元。

家庭住址：东城区礼士胡同129号（驴市胡同）

现在的礼士胡同，原来叫驴市胡同，因为附近有个租驴的市场而得名。解放后大伙儿觉得这个名字不雅，所以才取了谐音，改叫礼士胡同，取"礼贤下士"的意思。

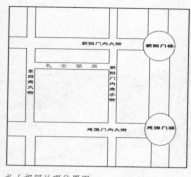

礼士胡同地理位置图 　　　　　　　　礼士胡同29号

　　礼士胡同29号据说曾经是刘墉的家，从外观就不难看出，这座宅子依然保持着当年的豪华气派。如今这里已经成为私人住宅，我们没能进入院内拍摄，但几经周折终于找到了当年拍摄的影像资料，才使我们有缘一见这座宅门儿里的真实面目。

　　这宅子是三进院儿，前院儿正房是刘墉的客厅，估计当年和珅、纪晓岚、乾隆皇帝都曾经在这儿溜达过，保不齐哪儿还留下了乾隆爷的指纹呢。

　　中院儿和后院儿都是典型的四合院，中院东边的影壁上刻有警句，墙壁上也随处可见书法雕刻作品，由此不难看出刘墉对"字儿"的热烈情感。

精美的砖雕

　　北京有些四合院住宅或花园特意做成磨砖对缝，并饰以精美的砖雕，以显示富贵和高雅。而礼士胡同的这座刘墉宅邸中所有什锦窗、门廊筒子、窗套都是用砖雕装饰，华美绝伦，加之什锦窗的形状千变万化，更令人目不暇接。

　　刘墉出身挺好，老爸刘统勋也是高干，还是纪晓岚的老师。按理说他们家装修得豪华点倒也无可厚非，但是在皇帝的眼皮子底下，造一座如此张扬奢华的宅子，也需要点勇气和魄力了。

　　文人一向讲究生活情趣，作为文人代表的刘墉，当然家里少不了吟诗作对、赏花观月的地方，后花园必然是个首选。如今的后花园已经是满地碎石，略显狼藉，但花草依然茂盛，不难想象当年刘墉和他的妻妾们在这里是如何的人约黄昏、风花雪月了。

给和珅当助理：十三经碑林

十三经碑林

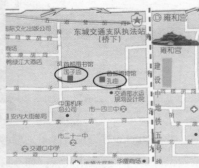

国子监与孔庙地理位置图

刘墉写得一手好字，又赶上乾隆走到哪儿都喜欢题字立碑，于是刘墉与和珅当年的主要工作之一，就是监制乾隆御碑。在孔庙能够看到一片碑林，被称为十三经碑林，十三经刻石碑共有190座，原来放在国子监东西六堂，后来挪到了国子监与孔庙的夹道之内。石碑上所刻的十三经，是清代著名书法家蒋衡花费12年的时间书写完成的墨宝。乾隆爷是个文化人，知道十三经的价值，于是命和珅为监制、刘墉为副监制，篆刻十三经石碑。这部十三经刻成于乾隆年间，又叫"乾隆石经"。

赶鸭子上架：国子监

国子监老照片

国子监是我国元、明、清三代国家管理教育的最高行政机构，相当于现在的教育部，不同的是，国子监还是当时的国家最高学府。1785年，乾隆爷心血来潮，想效仿老爸，在国子监搞一次讲学大典，其实就是办个讲座，于是命刘墉负责讲堂——辟雍的修建工作。刘墉对建筑学基本上一窍不通，乾隆爷等于是赶鸭子上架，再加上各方面条件不成熟，结果迟迟不开工。乾隆再一看刘墉开出来的预算，立马就急了，说他挥霍浪费。后来刘墉再没怎么插手这事儿，和珅在关键时刻成了救火队员，担起了督办工作，辟雍如期建成，正事没耽误，乾隆爷也就没再追究刘墉的责任。建成时由乾隆皇

辟雍大殿老照片

帝亲自给剪的彩，皇帝还坐上讲坛，主持了"开学典礼"，并即兴演讲，这无异于聘请皇帝本人担任客座教授或名誉校长。

今天的辟雍大殿中，仍然保留着清末遗留下来的龙椅和屏风等文物，但摆放位置已经不是当时的模样。

辟雍大殿内景

法律面前人人平等：十三陵

位于北京市昌平区天寿山麓的明十三陵，是中国历代帝王陵寝建筑中保存得较好的一处。乾隆曾经以修缮明陵为借口，用小木料换走了人家原来的大木料，储备起来打算为自己修陵墓。

另外据说当初乾隆爷看上了十三陵神路两边的石人石马，要搬到自己的陵墓上去，但第二天发现这些石刻身上都有残缺，乾隆爷是个完美主义者，从此就没再打这个主意。据说这是刘墉做的手脚，他觉得即使乾隆也不应该破坏十三陵的旧貌，又不好明说，但他摸透了乾隆皇帝的脾气，于是

石人

石马

十三陵地理位置图

54

夜里做手脚，给石人石马破了相，才使它们在十三陵神路两旁伫立至今。

刘墉86岁无疾而终，在人生这一路上，他耿直过，却不免圆滑，认真过，后来也学会了"模棱两可"。电视剧里，他跟和珅斗智斗勇，与纪晓岚情投意合，三个男人一场戏，勾心斗角之中，点透了官场的无奈，演绎着人生的跌宕，对于我们这些旁观者，无非是有心者自省，无心者玩笑罢了。

十三陵

徐悲鸿纪念馆

现在的馆长是徐悲鸿先生的夫人廖静文，她在徐悲鸿先生去世后，把徐悲鸿的所有作品以及他收藏的唐、宋、元、明、清及近代书画家作品1200多件，还有中外美术书籍、画片、碑拓10000多件，全部献给了国家……

徐悲鸿纪念馆　　　　　　　　　　　　　徐悲鸿先生雕塑

来到徐悲鸿纪念馆，您首先看到的就是一座黑色大理石制的徐悲鸿先生雕塑，这里现在的馆长是徐悲鸿先生的夫人廖静文，她在徐悲鸿先生去世后，把徐悲鸿的所有作品以及他收藏的唐、宋、元、明、清及近代书画家作品1200多件，还有中外美术书籍、画片、碑拓10000多件，全部献给了国家，这样才有了现在这座博物馆。现在就让我们看看这座博物馆里究竟都有哪些宝贝。

徐悲鸿纪念馆地理位置图

参观小锦囊

乘车路线：坐22、38、810路；电车105、107、111路新街口北大街下车即到。

自驾车提示：门口有停车场，可以自驾车前往。

镇馆之宝：《八十七神仙卷》

　　来到馆里，有一件展品您一定不能不看，这就是国家一级文物、唐代画圣吴道子的名作《八十七神仙卷》，2005年春节期间以复制品形式在徐悲鸿纪念馆首次展出。吴道子一生画作极多，但大多数已湮灭，幸存的《八十七神仙卷》便成为屈指可数的中国古代重要艺术巨作中的一件。徐悲鸿得到之后非常喜爱，还在画上印了"悲鸿生命"四个字。

　　这个长卷代表了我国唐代白描绘画的最高水平，堪与五代顾闳中的《韩熙载夜宴图》比肩。画面纯以线描的手法表现87位神话中的人物，场景宏大，人物形象细致入微。笔墨遒劲洒脱，线的组合有如行云流水，充满着动感。就是这《八十七神仙卷》还有着很离奇的遭遇，差点就再也回不来了。

　　徐悲鸿1937年在香港举办画展时，偶然在一德国人手中惊见此画，当即以重金购回，从此就每日不离身边。但是1942年该画在一次日军空袭中不翼而飞，徐悲鸿因此还得了一场大病，以为再也找不到了，为此悲痛万分。事隔两年，徐悲鸿又得知画卷在成都出现，便立即通过朋友再次以高价购回，画卷上87位神仙安然无恙，但徐悲鸿的题跋和印章已被割去，现在画上的是徐悲鸿在后来又补上的。

《八十七神仙卷》(局部)

徐悲鸿先生巨作：《九方皋》和《愚公移山》

看完了神仙卷，您就可以到位于馆内一层左手的第二展室，看看徐悲鸿先生一生中创作的最大的水墨画《九方皋》和《愚公移山》。《九方皋》取材于《列子》中的故事，说的是春秋时代有个叫九方皋的人，能认得出千里马。伯乐老了以后就把他推荐给了秦穆公，秦穆公见了非常高兴，便叫九方皋为他物色一匹千里马。九方皋在各地跑了三个月，看了无数的马，最后才找到他所中意的一匹黑色雄马。秦穆公命人骑上这匹黑色的雄马试一试，果然是天下最好的马。

《九方皋》(局部)

《愚公移山》(局部)

　　徐悲鸿有感于这个动人的故事，于是就创作了这张《九方皋》，抒发渴望发掘人才的美好意愿。这幅宽351厘米，高138厘米的中国画，栩栩如生地塑造了一位朴实的劳动者九方皋的形象，他正在聚精会神地查看面前的那些马。

　　徐悲鸿笔下的马都是奔放不羁的野马，从来不戴缰辔，画中黑色的雄马却例外地戴着缰辔。有人问徐悲鸿："这是为什么？"徐悲鸿笑答："马也和人一样，愿为知己者服务，不愿为昏庸者所用啊。"

　　《愚公移山》是中国人民喜爱的一则寓言故事。这幅国画画面宽424厘米，高143厘米，描绘了人们正在开山凿石的壮观场面。徐悲鸿先生在创作这幅画的时候，正是抗日战争最艰苦的年代，悲鸿先生坚信，中国人民以愚公移山的精神艰苦奋战，一定能取得抗日战争的最后胜利。

被美国飞虎队队长看上的画：《灵鹫》

　　在二展室的中间，还有幅个头不是很大但是很显眼的画，就是这张《灵鹫》。这张画的背后还有一个很曲折的故事：抗战胜利后，美国飞虎队准备撤离中国，这时蒋介石就问飞虎队的队长，想要点什么作留念？

《灵鹫》

飞虎队队长说，我什么都不要，只要徐先生的那张《灵鹫》。

● 采访徐夫人

最后没办法，只有在画上写上我的名字，等到来人要的时候，徐悲鸿就对他们说，这画已经写上我妻子的名字，所以不能送人了。

就是这样，这幅灵鹫图被徐悲鸿先生留了下来。

徐悲鸿先生一生耗时最多的油画：《田横五百士》和《傒我后》

一层展厅看完以后，您可以顺着楼梯到二楼看看，在这里的第三展厅，您可以看到徐悲鸿先生分别用三年时间画成的两幅巨型油画——《田横五百士》和《傒我后》。《傒我后》画面描绘一群穷苦的老百姓在

《田横五百士》

翘首眺望远方，大地干裂了，瘦弱的耕牛在啃着树根，人们的眼睛里燃烧着焦灼的期待，那种殷切的心情，就如同大旱的灾年人们渴望天边起云下雨一样。画面高226.5厘米，宽315.5厘米，共有16个人物，每个都有真人般大小。

《田横五百士》1928年开始创作，1930年完成。画面选取了田横与五百壮士诀别的场面，着重刻画了不屈的

《傒我后》

精神。整个画面呈现了强烈的悲剧气氛，表现出富贵不能淫、威武能不屈的鲜明主题，代表了徐悲鸿先生骨子里的那种桀骜不训。

徐悲鸿一生中最后的画：《鲁迅与瞿秋白》

1953年9月23日，第二届全国文艺工作者代表大会开幕，徐悲鸿担任执行主席并主持会议。当晚，他突发脑溢血，于9月26日逝世。来自全国的文艺界代表送徐悲鸿安葬于北京西郊八宝山革命公墓，一代绘画大师就这样走了，年仅58岁。他去世前还正在画《鲁迅与瞿秋白》，这张画成为大师一生中未完成的绝笔。

《鲁迅与瞿秋白》

在这里您还可以看到徐悲鸿先生住过的屋子，房间里还保持着徐悲鸿先生生前的样子，在这里可以缅怀一下我们伟大的艺术家徐悲鸿，感受一下当年徐先生生活的节俭和投身于绘画的艺术激情。

教您一招：怎么辨别徐悲鸿奔马的真假

随着社会的发展，文物收藏已经成为了一种新的时尚，书画收藏也开始走进了寻常百姓家，而徐悲鸿先生的马又是时下的热门收藏品，在市面上时有出现。现在我们就请徐悲鸿纪念馆的郭主任给您谈谈怎样辨别徐悲鸿画的马的真伪。

● 采访郭主任

它们(仿品)的马脚，一般都露在了字上，因为一般每幅画都有题字。但是画可以仿，题字却不是一天两天可以仿得出来的。

发现刘墉字画

据说刘墉印章上的字，还是乾隆皇帝赐给他的，另外，还有惊喜带给您……

老首都博物馆对于我们来说再熟悉不过了，我们曾经在这儿见识到了不少好东西。最近，首博的工作人员知道我们要做一期和刘墉相关的节目，立刻给我们打来电话，说他们那儿有刘墉的字画，让我们去看看。

刘墉

发现者：某渡 首都博物馆保管部副研究员
发现目标：刘墉字画

老首都博物馆

首博藏品繁多，要找两张字画可不容易，工作人员分头查询电脑和账簿，终于确定了刘墉字画的收藏位置。按规矩办理完一切手续之后，穿过两道大门才进入了首博的字画库，库房里满眼是林立的藏柜，我们此行的目标就在其中。工作人员从藏品中取出一幅长卷，这便是刘墉的手书。字画在各类藏品中可以说是最娇气的，稍有不慎，纸张就会缺损。所以在打开长卷时，手法也是颇有讲究的。刘罗锅的墨宝陆续展现在我们面前，据说这幅长卷的内容是一幅字帖。刘墉原本擅长行草，但这上面却含纳了多种字体，尽显刘墉的书法功底。

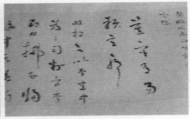

刘墉的书法字帖

● **采访柴渡**（首都博物馆保管部副研究员）

　　都是会帖里的内容，各种书体都有，像这段是王羲之的，但是这件作品不是对临的，他是靠着记忆默写，等于是一种重新的创作。这张纸是他一个朋友提供的明朝的纸，不是清朝当时的，他朋友觉得很珍贵，因此要找名人来写字。你看这段就是："获以此纸，求书，宣德旧纸也。"

　　据说这长卷上刘墉印章上的字，还是乾隆皇帝赐给他的。欣赏完这幅字帖，工作人员说还有惊喜带给我们。于是在林立的藏柜间，一番穿梭查找之后，我们见到了此行的另外一位主角——刘墉书信集。这里边收集的都是刘墉写的书信，从中我们可以了解到当年刘罗锅生活的真实细节。

　　这本集子里的书信，很大一部分都是围绕着字画

刘墉印章

刘墉书信

作品写的，看来当年文人间的兴趣爱好交流十分频繁。也不难看出刘墉对书法绘画的钟爱了。从中我们发现一封书信，内容格外有趣，大概意思是说，一位朋友给刘墉推荐一幅画，刘墉挺喜欢可惜没钱买，依依不舍地给人送回去了，还附上了这张留言条。要说以刘墉当时的地位，想得到点什么东西肯定不难，更何况他那么喜欢字画，只要一张嘴，八成人家就送给他了，但刘墉最终却原物送还。我们从中不难看出来，刘罗锅还真是个清官，可谓是廉洁正直了。

临走的时候，首博的工作人员告诉我们，藏品还在整理过程当中，肯定还有很多有意思的玩意儿，到时候一定会及时通知我们。

纪晓岚在京遗迹

纪晓岚要是搁现在，怎么也得算是个复合型人才，

评个"全国十佳"什么的问题不大，但历史上的纪晓岚真的是这样吗……

睦明唐古瓷标本博物馆

这里是国内首家私人创办的瓷片儿博物馆，您别看这些瓷片不起眼儿，

自从这博物馆创办以来，还真吸引了不少国内外的参观者。

发现琉璃过街楼

齐老先生带我们来到了有着琉璃之乡美誉的琉璃渠村。

听说这琉璃渠村早在清代的时候就已经开始给皇宫烧制琉璃了，

这就更让我们想见见琉璃过街楼长个什么样子了。

纪晓岚在京遗迹

纪晓岚要是搁现在，怎么也得算是个复合型人才，评个"全国十佳"什么的问题不大，但历史上的纪晓岚真的是这样吗……

大家伙一提起纪晓岚，就一个字——熟！形容他的词，无非就是"廉洁奉公"、"嫉恶如仇"，外加"才高八斗"，还"坐怀不乱"。纪晓岚要是搁现在，怎么也得算是个复合型人才，评个"全国十佳"什么的应该问题不大，但历史上的纪晓岚真的是这样吗？您上网查查，再翻翻书，结果就一个字——晕，说什么的都有。那这纪晓岚到底是个什么样儿的人呢，今儿咱就一块儿去看看。

● **纪晓岚在京档案**

姓　　　名：纪昀，字晓岚。

籍　　　贯：河北沧州

出生日期：1724年6月15日午时（大约中午11至12点）

享　　　年：82岁

兴趣爱好：吃肉、抽烟、听书。

婚姻状况：一位夫人六房妾（以当时纪晓岚的官位身份，有这么多老婆很正常，没有反而不正常了）

生活水平：上上等（要不也养不起那么多老婆啊）

前　　　科：45岁时因给违法分子通风报信，妨碍了司法公正，被发配新疆两年零四个月。

群众基础：据说与刘墉等人关系不错，跟和珅不太对付。

一生最大成就：编纂《四库全书》

家庭住址：
宣武区珠市口西大街241号 阅微草堂

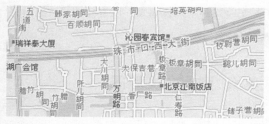

纪晓岚11岁随老爸来北京，就住在现在的宣武区珠市口西大街241号的阅微草堂，一住就是70多年。这里的每个角落都记载着纪晓岚生活中的点滴细节。电视剧里说老纪整日里粗茶淡饭，勤俭持家，甚至有点寒酸，但又有人说那演得不对，其实纪晓岚生活极其奢侈，从来不吃五谷杂粮，就吃肉，还挑食，最爱猪肉，从来不吃鸭子。另有记载说纪晓岚是个胖子，但我们最常看到的这张画像上的纪晓岚，却是个火柴棍身材。无论是胖是瘦，可以肯定的是，纪晓岚长的比较困难。

电视剧里的纪晓岚整个一个孤家寡人，基本上对女人没感觉，但据我们了解，老纪一共娶了一个老婆六个妾，而且每晚都要有妻妾相伴才能入睡，看来老纪算计得挺好，一个正房，六个偏房，"非常6+1"，一周一轮，谁也不得罪。

纪晓岚是个多情种，而且属于"家里红旗不倒，家外彩旗飘飘"那种。院子里的那棵海棠树，就记录了他的一段浪漫情事。幼时纪晓岚喜

阅微草堂

欢四叔家的丫鬟文鸾，聪慧美丽的文鸾对他也是情有独钟。情窦初开的一对人儿，一次在乡下海棠树下玩耍，情动处，互为誓盟，订下终身，文鸾要纪晓岚先博取功名再回来娶她。但世事无常，文鸾没等到过门的那一天就香消玉殒了，于是纪晓岚种下两棵海棠，以寄托情思，这最终没到手的女人成为了他最爱的那一个。

办公地点：故宫武英殿 圆明园文源阁

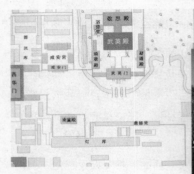

故宫武英殿地理位置图

故宫武英殿

李自成

武英殿是故宫西路的主殿，明朝时李自成曾经在这里称帝，清顺治爷就是在这儿登的基。清朝时这里多次成为编书之所，纪晓岚就曾经在这里工作和战斗过。他当时担任的是故宫武英殿的纂修，大概也就相当于现在的总编。

纪晓岚还烟瘾极大，除了吃饭、睡觉和见皇上的时候，他从来都是吞云吐雾，一会儿都不落空儿。可以想象武英殿当年也是整日里烟雾缭绕。

顺治皇帝

圆明园

纪晓岚另外一个办公室在圆明园的文源阁，这儿是《四库全书》的总编纂所。据说纪晓岚在此办公期间，乾隆怕他寂寞，影响工作效率，有一次去文源阁视察工作，一下就赏给纪晓岚4个宫女。更有清朝野史记载说，纪晓岚80岁还"好色而不衰"。

圆明园文源阁地理位置图

现在的文源阁已不存在，就剩下基座了，上边的青砖仍较为规整；曲池已涸，高大的"石玲峰"因民国时两股土匪争相盗卖不得，被其中一方炸为两截，轰然坍于蔓草之中。当年曾在四库馆担任副总裁的彭元瑞等人题写的诗文碑刻，虽湮没在一片荒芜中，尚依稀可辨。

旧货市场找烟袋：东晓市

说起崇文区的东晓市，老北京人都应该熟悉，当年这儿是崇文区几处

崇文区东晓市

崇文区东晓市地理位置图

闹市之一，专卖日用百货、土产杂品。纪晓岚就曾经特意来这儿淘宝。

　　纪晓岚的烟瘾大，烟袋也大，烟锅更是大到能容三四两的烟丝，每装一次，从阅微草堂走到圆明园都抽不完。有一天他的烟袋丢了，别人都替他着急，他却说没事儿，第二天就去东晓市旧货市场一边溜达，一边寻摸，结果见一小摊儿上摆着他的烟袋，于是以低价买回。原来纪晓岚早就知道这支烟袋奇大，别人根本没法用，况且京中绝无第二支，所以肯定能找回来。

娱乐场所：八大胡同 樱桃斜街11号贵州会馆

　　老北京城的居住格局，讲究"东富西贵"，可官至礼部尚书的纪晓岚，偏偏选择了住在南城，他们家附近除了有我们熟知的天桥，还有就是著名的八大胡同了。纪晓岚住在这里，可谓如鱼得水。

如今樱桃斜街11号的长宫饭店，就曾经是纪晓岚经常光顾的地方。这是一座双层纯木结构的建筑，始建于乾隆年间，据说这里当初不是妓院，而是贵州会馆，纪晓岚曾经常来这里饮酒作乐。

纪晓岚平生的三大嗜好就是抽烟、吃肉、听书。据说他79岁的时候还往八大胡同跑，听上几段书，喝上几杯茶，以为人生最大乐趣。

《四库全书》搬家：从承德文津阁到北京文津街

位于西城区北海以西，有一条街道叫文津街，要说起这条街名的由来，还要从纪晓岚和《四库全书》说起。

北京文津街

承德文津阁

原来《四库全书》分别藏于四处，其中之一就是承德文津阁。文津阁位于河北承德避暑山庄平原区的西部，建于公元1774年，乾隆帝对在此建阁贮书极为得意，不仅因为这儿景儿好，地理位置绝佳，更重要的是每年帝王将相、各族首领和外国使节都会云集承德避暑山庄，将皇家藏书楼建在这儿，更可以标榜天朝的文治武功。

北京图书馆现藏的一套《四库全书》，就是来自承德避暑山庄的文津阁，所以当年的图书馆旧址，也就是现在北海西侧的这条街道，也因而得名"文津街"。图书馆大门前的汉白玉石狮、华表、昆仑石和太

北京图书馆现藏的一套《四库全书》

湖石等，都是从圆明园废墟搬迁来的，摆在这儿，倒是增加了几分皇家气派。

　　纪晓岚82岁去世，这别说是在100多年前，就是在今天都算长寿了。要说起他嗜肉如命，烟不离口，再加上平日里纵欲过度，绝无健康可言，如此推敲他的长寿之道，恐怕要探究到心理层面了。纪晓岚的一生，都是在嬉笑怒骂中舞文弄墨，皆成文章，在插科打诨间洞察世事，宠辱不惊。如今人们都在戏说纪晓岚，其实真正的纪晓岚或许比我们杜撰的还要戏剧化，只是我们的想象力有限，如今只能借助眼前这点真真假假的片断，来满足对纪晓岚这个传奇人物的好奇心了。

睦明唐古瓷标本博物馆

这里是国内首家私人创办的瓷片儿博物馆，您别看这些瓷片不起眼儿，自从这博物馆创办以来，还真吸引了不少国内外的参观者。

在北京崇文门外白桥大街里头有间茶社，名叫"睦明唐茶艺馆"。平日里京城的文人雅士常来常往，却不只是为了喝茶，吸引他们的是这间茶社的另外一个身份——古瓷标本博物馆。这里是国内首家私人创办的瓷片儿博物馆，您别看这些瓷片儿不起眼，自从这博物馆创办以来，还真吸引了不少国内外的参观者。

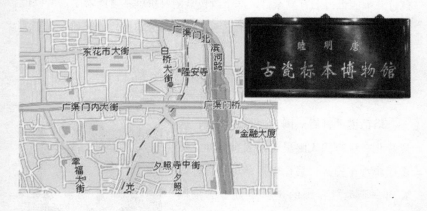

镇馆之宝：汝瓷牌匾　汝瓷盘

凡是古玩行里的人，谁都有件压箱子底儿的宝贝，该馆馆长白明也不例外，而且还是两件儿，其一就是睦明唐的正堂牌匾，由红木制成，

汝瓷盘

上面的字是用瓷片儿拼粘的，格外别致，据说这是主人精挑细选了700多块汝瓷片精心打磨之后一块块拼制而成。在中国瓷器里，汝窑瓷是绝对的贵族，所以说这块匾是名副其实的"字字珠玑"。

另外一件宝贝是一件残损的汝瓷盘。据白先生说，这是当年他去河南考察时，一个农村小孩叫价一万向他兜售这个瓷盘。白明识货，没敢多砍价，七拼八凑了7000块钱，把这个宝贝抱回了家。论价值，一个汝瓷片儿都能抵得上万贯家财，这个汝瓷盘的身价就不言而喻了。所以说要评选睦明唐的镇馆之宝，恐怕这两件宝贝难分伯仲，得并列入选了。

漏网之鱼：明末清初梧桐图案青花瓷片

俗话说外行看热闹，内行看门道，这瓷片儿在懂行的人眼里可是大有乾坤。您看这块青花瓷片，虽是残片，可是恰好能看出一个大概：画的是一个低垂的梧桐叶，旁边还有题诗"梧桐一叶落，天下尽皆秋"。

梧桐图案青花瓷片

据说这是明末清初时的作品，当时的顺治皇帝对汉人的玩意儿情有独钟，当他看到这件瓷器的时候爱不释手，随即令官窑大量仿制，后来一位汉臣提醒顺治，说这件作品反映了满人入关后汉人抑郁凄凉、感伤天下的心情，用瓷器借物言志，是一件反清复明的作品。顺治爷听后追悔莫及，赶紧停止生产并查收流传于世的这类青花瓷器。

　　于是，这种有梧桐图案的明青花后来就极为罕见了。如今我们眼前的这件儿，可以说是当年的漏网之鱼，幸存至今也算是命大了。

民工手里淘宝贝：元代白釉瓷盘

元代白釉瓷盘

　　在睦明唐展出的1200件作品中，白先生尤其对一个拼粘的白釉盘津津乐道，这话还得从头些年修平安大街说起。那两年白明开着一辆面包车一天奔一趟工地，连捡带买共淘换了一万多块瓷片儿，这个白釉盘就是从一个民工头儿手里买的。当时工头儿把这残盘和其他瓷片装在一个麻袋里，开价就200块钱，其实白明就相中了这盘了，其他不值钱。可是民工不肯单卖，白明没招儿了，就在验货时把盘子和一些没用的瓷片儿一起放在麻袋上边，提出只要麻袋上边的，其余的太多了，拿不动。

　　民工哪知道，白明这是项庄舞剑意在沛公，30块钱就卖了这半口袋碎瓷片儿，白明扭脸儿把盘子捡出来，其他的都扔了，回到家把这残盘洗净，用胶粘好，底托出现了"福禄"两字，白明喜出望外，据说这种元代的枢府窑，留存在世上的不过百件，当时就有人掏一万块钱想买走，白明压根儿就没动心，直到现在还把它珍藏在博物馆里。

歪打正着：宋代钧瓷开片

　　在睦明唐里，您还能看到大量的钧瓷残片标本。钧瓷同样是宋代官窑，年代较汝瓷还要早一些。钧瓷外观有个十分明显的特点，就是瓷片上有鲜明的纹路，俗称开片儿。这可不是瑕疵，而是烧制钧瓷的神来之笔。

宋代钧瓷开片

据说在北宋徽宗时期，有一窑钧瓷刚刚住火停烧，窑里炉火通红。这时正值夏天，好端端的天空突然乌云密布，一场大雨随着狂风降了下来，大雨点打在热窑顶上，冒起一团团水汽。

暴风骤雨过后，一个老窑工怀着十分不安的心情，小心翼翼地打开窑炉，用手指敲了一下笔洗，谁知一听声音，还是叮当作响。大伙儿这才知道这窑瓷器没烂，于是争先恐后地把窑给开完了。结果全窑瓷器釉色鲜艳，光泽明亮，釉面全部遍布细致纹路。这下倒是歪打正着。宋徽宗见了十分喜欢，把钧瓷出窑后釉面产生的裂纹叫"开片"，又下旨让钧瓷工匠以后烧钧瓷都要有纹路。从此，开片也作为钧瓷的一种特征保留了下来。

一次亲密接触：展品触摸区

展品触摸区

与其他博物馆展品许看不许摸不同的是，这里的展品不但能欣赏，而且还能上手摸。睦明唐里专门开设展品触摸区，在这里逮着您心仪的物件儿，只要不端走，您尽可以与它们亲密接触。眼下收藏古玩的朋友越来越多，可是谁都知道这行里珍品赝品鱼龙混杂，要想少吃亏不上当，除了多看书多学习之外，还得多实践，也就是得多见真东西，要看它的器型。

古瓷博物馆创办人白明说："从器型的手工拉胎，我们能看出一些痕迹，比如说，一般明代的瓶瓶罐罐中间都有个接口，而且这个接口是很自然的。还有比如我们看釉色、看光泽，新仿的瓷器因为时间比较短，它上边的一层光，我们叫浮光，还没有消除，看着生硬。还有很重要的一条就是看它的画工，看它的绘画题材。每一个历史时期都有它自己的特点。如果我们了解历史，了解这段工艺，就能从题材入手去分析它。还有比如说东西拿过来你掂一掂，我们叫手头，也就是咱们说的分量，新东西往往不是过重就是过轻。您要想成为收藏家，除了上面跟您提的几条之外，还有最重要的一点得提醒您，就是您得喜欢它，真爱它，然后再想着它的价值。要是光想着挣钱，拿古玩当股票，用古玩行里话说，'十贪九打眼'。贪心越大，吃亏上当的机会就越多。只有不急功近利，用心品味文物，把玩古玩，才能玩得踏实，玩得物有所值。"

发现琉璃过街楼

齐老先生带我们来到了有着琉璃之乡美誉的琉璃渠村。听说这琉璃渠村早在清代的时候就已经开始给皇宫烧制琉璃了。这就更让我们想见见琉璃过街楼长个什么样子了。

前两天，门头沟博物馆的齐鸿浩先生打来电话说，在门头沟地区有一座琉璃制的过街楼，我们马上在第一时间赶到了门头沟。

发 现 者：齐鸿浩
发现目标：琉璃过街楼

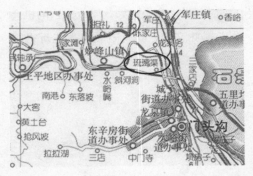

门头沟琉璃渠地理位置图

齐老先生带我们来到了有着琉璃之乡美誉的琉璃渠村。听说这琉璃渠村早在清代的时候就已经开始给皇宫烧制琉璃了，这就更让我们想见见琉璃过街楼长个什么样子了。

到了村子里，齐老先生并没有马上带我们去看过街楼，而是把我们带到了当地的一个关帝庙里，这是什么原因呢？原来这里有修复过街楼的时候拆下来的老装饰品，齐老先生是想让我们先和这个神秘过街楼来个局部认识。

78

修复过街楼时拆下来的老装饰品　　　　局部

　　这都是拆下来的老物件，这是朵云，这是牡丹。你看这龙雕刻得特别细，再看它的点睛，比较活，比较有质感。

　　您看到了吧，这些装饰品还真是精美，看着这形象生动似乎欲乘风飞去的点睛之龙，我们更迫不及待地想看看这座琉璃过街楼了。

　　终于到地方了，就是前面那座，看上去气派还真不小呢！可是它为什么会有"三官阁"这个奇怪的名字呢？还是请教一下齐老先生吧。

　　前些年这上边供奉了天、地、水三官，也就是后来的福、禄、寿三星，所以才叫"三官阁"。

　　原来是根据楼内供奉的神仙来命名的啊。我们又产生了新的疑问：

什么样的楼才能叫过街楼呢？这过街楼又是为什么修建的呢？

琉璃过街楼

因为这座庙是修在路上边，下边还可以走人和走车，所以才叫过街楼。其实最早是由于人们信神，但又不能天天去朝拜，所以修了过街楼后每天从下边经过，也就相当于朝拜了。

原来过街楼还有这样的讲究，我们真是又长了见识了。而且据齐老先生说，这琉璃渠村是京西古道北路的第一个村子，像这样的琉璃过街楼在全北京也是很少见的，所以假如您到门头沟来，一定不要忘了亲自去看看。

过街楼局部

荣禄在京遗迹

今儿咱们就去听听，这位当年玉树临风的慈禧初恋情人，

到底给我们留下了哪些热门话题……

皇城艺术馆

您知道这"皇城"指的是北京具体的哪段地界吗？

荣禄在京遗迹

今儿咱们就去听听，这位当年玉树临风的慈禧初恋情人，到底给我们留下了哪些热门话题……

荣禄的名字听起来似乎并不太响亮，但当这个名字与戊戌变法，与慈禧太后并排摆放的时候，故事就开始滔滔不绝，而且真假是非都难有结果。今儿咱们就去听听，这位当年玉树临风的慈禧初恋情人，到底给我们留下了哪些热门话题。

● 荣禄在京档案

姓　　名：瓜尔佳氏荣禄

出生年月：1836年(具体日期待查)

享　　年：67岁

民　　族：满族正白旗

婚姻状况：不太美满，娶了个自己不爱的老婆。据说他一直专情于慈禧太后。

主要家庭关系：女婿是清王朝最后一位摄政王载沣，外甥是末代皇帝溥仪。

绯闻女友：慈禧太后。据说两人青梅竹马、两小无猜，咸丰皇帝才是第三者。

最高信仰：爱情

性格特征：老奸巨滑，但对慈禧太后是死心塌地的忠诚。

前　　科：咸丰年间，因贪污差点送命。

光绪年间，又因贪污被降级调出北京。

1879年，顶撞慈禧太后，让人家找个茬给革了职。

除此之外，情节较轻的贪污受贿纪录有待统计。

出生地点：东城区交道口菊儿胡同3号、5号、7号

菊儿胡同地理位置图

东城区交道口有一条菊儿胡同，东起交道口大街，西到南锣鼓巷。这条胡同可以追溯到明朝，那时候胡同名用的是"局面"的"局"，清乾隆年间改为"橘子"的"橘"，到了清末，又改为"菊花"的"菊"字。1965年菊儿胡同曾经改名为交道口南大街，文革中又叫跃进路八条，后来又改回菊儿胡同的原名。

菊儿胡同3号

菊儿胡同5号

菊儿胡同3号、5号、7号，是荣禄出生的地方，也是他在北京的住所。原来3号是荣家祠堂，7号是花园，5号才是荣禄一大家子住的地方。

荣禄是忠烈之后，他们家老祖宗是努尔哈赤麾下的开国元勋，他爷爷、爸爸、叔叔全都战死沙场，所以祠堂在荣禄家占据着重要的地位。

至于花园，难免使人联想到花前月下。早听说荣禄跟慈禧关系不一

般，没准这里还真就曾经留下过慈禧少女时的倩影。

如今祠堂、花园和正房都已经拆除了，就只剩下西边的一座两层西洋式楼房，成为东城区文物保护单位。从中不难看出，西洋建筑在清末是种时尚，荣禄有权有钱，赶时髦的事儿肯定少不了他。

英雄救美：颐和园

光绪皇帝

当年光绪和维新派们热火朝天闹变法，谭嗣同夜访袁世凯，幻想着他能帮忙杀荣禄、囚慈禧、拥戴光绪。至于袁世凯怎么泄的密，争论很多，但结果只有一个，这事儿让荣禄知道了。于是这个对慈禧太后一往情深的男人连夜从天津赶往北京颐和园，给心上人通风报信儿，上演了一出英雄救美，使慈禧逃过一劫。最终百日维新昙花一现，戊戌六君子慷慨就义，光绪也被关了禁闭。

至于荣禄，慈禧想必再感动也不敢以身相许，只能从物质和权力上给予补偿，从此荣禄身兼将相，权倾举朝。

权钱都有了，离慈禧还近了，此时的荣禄可谓是春风得意。

袁世凯

谭嗣同

荣禄走后门儿：菜市口

位于北京市宣武区的菜市口，现在是个繁华的商业区，但在清末，这儿是国家级刑场。戊戌六君子就是在这儿送的命。其实当年应该一共被捕七个人，那第七位君子就是当

时官至二品的礼部右侍郎徐致靖。他老爸跟李鸿章关系特好，出事以后立马去求李鸿章帮忙走走后门儿，李鸿章跟荣禄关系挺铁，有利益关系，估计李鸿章心里也知道慈禧跟荣禄之间高于君臣的默契，于是求荣禄帮忙疏通疏通。

李鸿章

碍于面子，荣禄只好向慈禧说情，不知道慈禧是为了避嫌还是真生气，当场勃然大怒。但在荣禄的一番劝解之后，慈禧将徐致靖的死刑改判了死缓。由此不难看出这荣禄和慈禧两个互相扶持，互相帮忙，给足了对方面子还避了嫌，其中的默契是非常人可以理解的。

乔迁新居：东城区王府井大街27号

东城区王府井大街27号，原大门开在东厂胡同，荣禄从菊儿胡同搬出来以后，就住在这儿。至于当年他搬家的原因，我们不得而知。东厂胡同

因为明代是东厂的办公区，因此得名。荣禄在这儿居住的那段时间，正是红日当头、风光无限的时候。当时内有义和团，外有八国联军的混乱局面，令慈禧不知所措，这时候荣禄挺身而出，连出主意带出面谈判，原则就一个：只要别伤着慈禧的利益就行。可叹荣禄如此痴情，只是拿国家命运当爱情筹码，奢侈了点儿。

都说女人最善变，慈禧当然也不例外，随着荣禄日渐位高权重，偶尔有点大男子主义，难免跟慈禧有点摩擦，再加上后起之秀不少，荣禄最终失宠于慈禧，也是情理之中的事情。

随着荣家的败落，荣禄的后代将这座宅子卖给了袁世凯的儿子袁克定，之后由袁世凯送给黎元洪作为在北京的安乐窝。

葬：朝阳区高碑店

荣禄67岁去世，葬在了现在的朝阳区高碑店。相传荣禄死后慈禧太后非常伤心，去热河散心的时候，多次产生幻觉，眼前出现荣禄的影子。再强势的女人也有七情六欲，慈禧此时的伤感，我们没有必要怀疑。

当年在荣禄墓的挖掘过程当中，从中发现了不少价值连城的陪葬

朝阳区高碑店

品，其中有一件是慈禧在荣禄60岁生日那天送给他的生日礼物，就收藏在首都博物馆里，前不久来有幸与它来了一次近距离接触。

● **采访柳彤**（首都博物馆保管员）

金葫芦这个上面有刻字，写的是"皇太后赐臣荣禄"，这面儿呢有"丙申重阳"。丙申就是1896年，荣禄出生是1836年，1896年他就正好是60岁。根据这个知道是他在60岁的时候，慈禧太后赏赐给他的。

从慈禧对荣禄的良苦用心不难看出来，这俩人心里都装着对方呢，只是碍于大局，不好表达而已。而这金葫芦，想来不仅是生日礼物，而是件信物了，难怪荣禄至死都把它带在身边儿。

荣禄围着慈禧太后转了一辈子，这俩人暧昧了几十年，几十年来也仅仅是暧昧而已。对于慈禧来说，尺度拿捏得如此恰到好处，是成就；但对于荣禄来讲，功名利禄最终是否能弥补感情上的遗憾，恐怕只有他自己地下有知了。

金葫芦

皇城艺术馆

您知道这"皇城"指的是北京具体的哪段地界吗？

北京市东城区菖蒲河北沿，坐落着一座仿古四合院，这就是我们今天的主角儿——皇城艺术馆。您知道这"皇城"指的是北京具体的哪段地界吗？走进这座艺术馆就全明白了。

镇馆之宝：皇城沙盘

走进皇城艺术馆，一进门眼前就是镇馆之宝——乾隆十九年的皇城沙盘。皇城位于紫禁城和内城之间，按现在的位置看，北到平安大街，南到长安街，西边到灵境胡同，东边基本上就是现在的皇城根遗址公园。

皇城沙盘

从沙盘上看得出来，皇城周围有一圈黄瓦红墙，俗称"红门拦马墙"，这名字估计得名于一般人在皇城里不能骑马的规矩。现在皇城城墙只剩下南边儿一面，其余三面都在民国时被拆除了。

说起北京的城门，老百姓顺口就能说出来，"内九外七皇城四"。但你知道这"皇城四"到底指的哪四座门吗？您记住喽，它们分别是天安、地安、东安、西安四门。现在除了天安门，其他三个都不存在啦。过去皇城和紫禁城一样，不许普通老百姓住，但也不缺人气儿，皇家的奴仆、太监和一些王公贵族都住这儿。

皇城墙

您看这红墙黄瓦的一片建筑，就是咱老念叨的紫禁城，皇城环绕在它的外围，为它提供服务与护卫。这些青砖灰瓦的院子可不是谁家的四合院，那是昔日为皇宫提供服务的御库和衙署，还包括一些皇家祭祀用的御用坛庙。

现在您看到的是乾隆十九年的皇城，跟今天一比变化可是不小，您要是有兴趣，在沙盘上仔细找找您熟悉的地方，说不定过去是什么达官显贵甚至是皇亲国戚常来常往的地方呢。

高瞻远瞩：琉璃兽

在西边展厅一个橱窗里，摆着几个通身翠绿的物件儿，您看着是不是眼熟？我给您提个醒，它们都是站在房顶上高瞻远瞩的动物们。这些琉璃走兽在排列顺序和数量上都是有讲究的，除了对建筑起到点缀、装饰作用外，还是掩盖钉头的一种装饰物，更重要的是其中还蕴涵着一定的力学原理。

琉璃兽

清朝政府明文规定了这些动物们的顺序，一般是仙人走兽第一，其后就是龙、凤、狮、天马、海马等等，每间殿宇中使用小兽的数量，根据该建筑的等级和功用不同而有着严格的区别。故宫太和殿是唯一一个使用的满10个小兽的建筑。我们所熟悉的孔庙大成殿屋脊上就有9个兽，足见其当年的地位了。

孔庙大成殿屋脊上的九个兽

顶级地板砖：紫禁城金砖

在琉璃兽的展柜对面，有一块黑乎乎的大方砖，您可别小看它，无论是在当年还是在现在，这可是顶级的地板砖，一般人都没有资格用，因为这砖金贵，被称为金砖。紫禁城多处都是金砖铺地。

紫禁城金砖

金砖落款

我们还能清晰地看到眼前这块金砖的落款，皇城中也有两处建筑是用金砖墁地，一处是天安门，另一处是普度寺，后一处曾是八大铁帽子王之一多尔衮的府邸。

婚礼日记：《光绪大婚红档》

光绪皇帝

隆裕皇后

在艺术馆里，您还能了解到光绪皇帝结婚那天的具体情况，那时虽然没人给录像，但有人帮着写日记，这本日记就是《光绪大婚红档》。据说当天光绪几点起床，出门先迈的哪只脚，红档上都有所记载。人家怕您看不懂，还画了幅

《光绪大婚图》，估计这新娘子隆裕皇后的相貌，红档里也是描写得恰到好处了。

《光绪大婚红档》

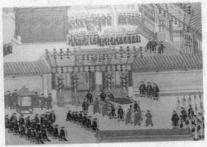

《光绪大婚图》

歌舞升平：升平署

皇城里设有升平署，它是负责宫廷演戏的专门机构。展柜中向大家所展示的就是当时京剧演出时使用的一些服装和道具，行内人多把它们称为行头。摆放在展柜中间的这件戏服称为蟒袍，是舞台上饰演帝王将相的演员用的，比如《空城记》中的司马懿就身穿白蟒袍。在蟒袍右侧的展品叫做钻天盔，扁圆形翻沿帽，翻沿周围装饰光珠，盔顶卧莲花瓣。此盔在舞台上一般是大名鼎鼎的美猴王孙悟空所戴。此外这里展出的还有双鞭、鱼纹刀等京剧道具，以及写满了吉利戏名的戏单，弄不好当年这戏单还在慈禧太后手里捧过呢。

蟒袍

钻天盔

鱼纹刀

最高生活保障：皇家库房

再往前走，您看到的就是皇家衣食住行的必需品了。这儿要给您介绍的是皇帝他们的库房——御库。皇帝也得过日子，而且得是最高生活保障，生活用品来自全国各地，运到北京不能直接进紫禁城，得放在皇城的仓库里，所以皇城里诞生了诸如瓷器库胡同、帘子库胡同、腊库胡

同等等因库房而得名的地方。皇帝用的当然都是好东西，惜薪司主管供应紫禁城里用的木炭，您看皇上屋里从来没烟囱吧，人家用的这红罗炭产自西安门外的红罗厂，这炭不冒烟，没味儿还禁烧，堪称精品。

红罗炭

京城最大古桥：金鳌玉蛛桥

您现在看到的这个模型，是仿制清代金鳌玉蛛桥的样子制作而成的，该桥原型是北京城内最大的古桥，整个桥身如同一条玉带，坐落在北海和中海的连接处，在金鳌玉蛛桥模型两边陈列的展品叫做望柱，是当年挖掘皇城根遗址的时候发掘出来的。它原是古桥上的一种装饰物，

金鳌玉蛛桥

望柱   望柱上的龙云纹

它的材料和纹样都体现了封建社会严格的等级区别：皇帝走的桥，会在桥的石栏杆的望柱头上雕刻最高级的龙云纹，而大臣走的桥，望柱头则雕刻云纹，其次还有如意头、狮子等图案，造型和姿态各异，是精美的石雕工艺品。

在皇城艺术馆，您能将一座大气磅礴的皇城尽收眼底，这里还有关于民俗民风的展览，以及名为"帝京拾趣"的老图片展。一座博物馆将皇城的魅力通过点滴细节辐射到整个北京城，您来这儿参观，最可能的结果，就是深深地迷恋上脚下这座既古老又现代的北京城了。

文绣在京遗迹

今天就让咱们一起去看看，
这位历史上第一个也是最后一个休了皇帝的淑妃文绣，
到底有什么与众不同之处……

新文化运动纪念馆

现在就让咱们走进这个新文化运动纪念馆，
与曾经在这里留下过痕迹的人们来一次精神上的真诚对话。

文绣在京遗迹

今天就让咱们一起去看看，这位历史上第一个也是最后一个休了皇帝的淑妃文绣，到底有什么与众不同之处……

头两年影视剧《末代皇帝》火了一把，最近观众又移情别恋到了电视剧《末代皇妃》身上，估计文绣当年也没想到，自己离婚这点家务事，让广大人民群众惦记了这么多年。现在就让咱们一起去看看，这位历史上第一个也是最后一个休了皇帝的淑妃文绣，到底有什么与众不同之处。

● **文绣在京档案**

姓　　　名：额尔德特·文绣（字蕙心）

曾 用 名：傅玉芳

出生日期：1909年

享　　　年：44岁

职　　　业：全职家庭主妇。曾任小学教师、《华北日报》校对，还当过烟草个体经销商。二婚以后重操旧业，当起了家庭主妇。

受教育程度：小学（当皇妃的时候跟外教学过英语）

婚姻状况：传说因溥仪的健康问题造成夫妻不和，跟老公溥仪起诉离婚；二婚嫁给了国民党军官刘振东。

毕生最大成就：成为第一个休了皇帝的妃子。

出生地点：东城区大方家胡同

东城区大方家胡同的一座院子

文绣出身挺好，她所在的额尔德特氏家族属镶黄旗，是八旗中的名门望族。文绣出生在东城区大方家胡同，爷爷锡珍曾经是清朝的吏部尚书，去世前在方家胡同给6个儿子留下了500多间房子。但再殷实的家底儿也禁不住6个儿子一块儿败家。况且辛亥革命以后，顶戴花翎一律作废，但文绣叔叔们的少爷脾气依然没改，最终一大家子人落了个抵押家当卖房子的境地，一个曾经四世同堂的大家族从此土崩瓦解了。

现在的大方家胡同已经成为普通的居民住宅区，我们在这儿发现了一座气派犹存的大宅子，鹤立鸡群在大方家胡同的一片简陋平房之中。以文绣家族当年的身份和地位，我们猜想这里极有可能就是他们家府邸了。

试想当年，府门之前曾是冠盖云集、车水马龙的地方，现在虽日趋萧条冷落，看上去还有相当的气派。进入府门，穿越厅堂，通向一个别有天地的小花园。园中有假山、水池、石板弯桥和幽雅的小亭。恰逢初春时节，别有一番情趣。

品学兼优：花市私立敦本小学

文绣父亲早逝，家境败落之后，文绣随母亲搬到了崇文门外花市头条的几间平房里，开始了艰苦而又平静的生活。

文绣从小就有主见，深知"知识就是力量"，虽然家境贫寒，但她坚持要上学。她心里总惦着有一天要出人头地，重振家族的旧日辉煌。她跟母亲说想要白天上学，晚上做针线活赚钱。文绣的母亲是个明事理的人，知道不能耽误孩子的前程，再加上文绣听话懂事，又有理想，令母亲很感动。于是1916年9月初，文绣就近入学，以傅秀芳的名字注册，就读花市私立敦本小学一年级。那时候满人纷纷改用汉姓，额尔德特氏从文绣这一代就开始姓傅了。

文绣

文绣白天上学，晚上还要在昏暗的灯光下穿针引线，但在这样艰苦的条件下，文绣学习成绩却始终名列前茅，正当她为了自己梦想中的大好前程刻苦学习的时候，不远处的紫禁城里，一帮人已经在为16岁的溥仪张罗媳妇了。

选秀参赛照片：前门外廊房头条

嫁给皇帝，对于女人来说当然是走向荣华富贵的最近途径。文绣家族的亲戚们也都抱着一丝翻身的希望，给文绣报了名参加选秀。

文绣参加选秀的照片

2004年故宫大修的时候，在故宫养心殿溥仪的卧室里，发现了文绣参加选秀时的照片。照片贴在一张用本色绢裱衬的薄纸板上。在照片的右上角贴着大红纸条，恭楷墨书"端恭之女额尔德特氏年十五岁"13个字，这是对未出阁女子的提法，15岁是虚龄。文绣待选照是在北京容光照相馆拍摄的，因为在照片的下

廊房头条老照片

端，即绢纸衬上有该照相馆"容光"两字和英文拼音的标记，并注有"北京廊房头条"的地址，说明这家照相馆在前门。

据记载，明永乐年间，正阳门也就是前门外才开始建民房，被叫做"廊房"。后来这一带发展成繁华商业区，一步步扩大，也就分出了廊房头条、二条等等。廊房一带当年是国内高档消费场所，极其繁华，像照相馆这种新兴服务大都聚集在这一带。如今的廊房头条面目全非，容光照相馆已经找不到了，往日的老字号也消失的消失、搬家的搬家，当年这里的繁华与喧闹，文绣来此照相时的千百个不情愿，如今只能靠我们去想象了。

洞房花烛：长春宫

小皇帝溥仪的一笔圈点，结束了文绣无忧无虑的平淡生活。其实这看似随意的一笔背后，是溥仪的叔叔大爷以及额娘们明枪暗箭、争权夺势的结果，文绣的后台最终没硬过婉容，所以最终只落了个淑妃当当。

文绣在结婚的前一天晚上，住进了故宫西路的长春宫，一眨眼就是三年。文绣依然好学，溥仪也很支持，后来有人在故宫发现很多文绣和婉容的书信，从内容可

文绣结婚时的照片

长春宫

以看出来，婉容不止一次给文绣纠正过错别字。

　　溥仪一度热衷照相，文绣和婉容自然是最合适的模特，今天我们还能看到两人很多珍贵的照片，其中文绣手不释卷的就有好几张，尽显知识女性的高贵气质。这段时间文秀跟溥仪的感情还算不错，长春宫留下了两人婚姻中最幸福的片断。

溥仪

　　但好景不长，自从溥仪被冯玉祥赶出故宫后，带着两个老婆开始了颠沛流离的生活。在此期间，文绣跟老公的感情一天不如一天，老百姓常说嫁鸡随鸡，嫁狗随狗，更何况文绣嫁的是个皇上，本不该有怨言。但文绣偏偏不信命，毅然决然地开创了妃子休皇帝的先河，跟溥仪离了婚。

文绣和婉容的照片

坐吃山空：刘海胡同

文绣跟溥仪离婚后，得到了55000块钱的赡养费，这数目在当时足够文绣过下半辈子的了，还是在小康水平之上。但是咱这位皇妃在财政方面没什么天赋，为人大方得又实在过了头，刚拿到钱就东赏西借的散出去了一大半，最后带着两万六回到了北京。

文绣在西城区花两千四买了套房子，还请了几个丫头老妈子，据说她每天都要洗几遍手，而且每次都要换三盆水，一盆比一盆稍热，这都是当年从宫里带出来的毛病。但是文绣每天都跟下人同桌吃饭，这在当年富人家里是很少见的。

在兵荒马乱的年月里，一个离了婚的单身女人想过安生日子并不容易。文绣曾经是皇帝的老婆，难免令其他男人垂涎，再加上她年轻，又有点钱，好色的、想吃软饭的，上到高官，下到地痞，各种各样的男人不断到刘海胡同来骚扰文绣，令她不胜其烦，毫无安全感可言。

俗话说小姐的身子丫头的命，文绣就是个典型。这位有点傻实在的皇妃，借出去的钱打了水漂，卖家当收了一摞假钞，富贵人家也禁不起这么折腾，没多久，文绣就一贫如洗了。

下海经商：北京市西城区新文化街(原石驸马大街)

文绣卖掉房子后，寄宿在了表哥家，为了谋生，她只好豁出面子，在工地上挑灰提砖，做花工，糊纸盒。后来表哥建议她在石驸马大街，也就是现在的西城区新文化街摆个烟摊。从此，一代皇妃开始了自己的下海经商生涯，本钱就是她头上唯一还值点钱的珠花。

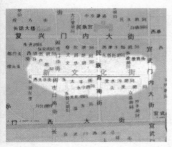

　　石驸马大街东起宣武门内大街，西边到鲍家街，明宣宗顺德公主的老公，也就是当朝驸马曾住在这儿，所以这里被叫做石驸马大街。清代的时候，这儿还分东、西石驸马街，但清末就统一在一起了，"文化大革命"期间，石驸马大街改名为新文化街，至今还在用这个名字。"文革"期间北京的好多街道都改了名字，但后来都恢复回去了，新文化街是极少没有改回原名的街道之一。

梅开二度：北京市东安门外大街路北东兴楼

　　文绣为了躲避骚扰，经常跳槽换工作，她当过小学老师，还做过《华北日报》的校对，后来结识了报社社长的表弟、时为国民党军官的刘振东，俩人很快坠入爱河，闪电结婚，结婚典礼就在当时东安门外大街路北的东兴楼。

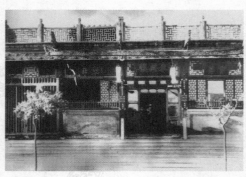

　　1947年夏天，文绣和刘振东在东兴楼包了10桌鱼翅席，隆重地举行婚礼。东兴楼可是一家名气

东兴楼

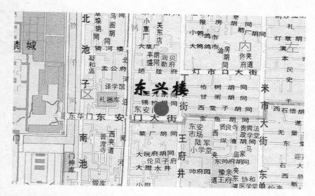

很大的餐馆，当时，"看梅兰芳的戏，吃东兴楼的馆子"，乃是北京人的两大快事。

刘振东搁现在绝对是个模范丈夫，他为人爽直，又没有脾气，特别是从不拈花惹草、游逛烟街柳巷。况且这还是刘振东头一次娶媳妇。结婚前，刘振东拿出自己的全部积蓄交给文绣，让她置办家具，购买衣物用品并筹备婚礼宴席。

隐姓埋名：北京市西城区白米斜街

婚后，刘振东在西城区白米斜街租了3间平房，摆设了新添置的家具，还雇佣一个老年女仆做饭、打杂。文绣也辞了工作，摇身一变成为国民党的军官太太。她每天料理家务，从不轻易出门，有空了还看看书，写写字，亮亮嗓子唱上几段京剧。白米斜街离前门大栅栏也不算远，文绣常和丈夫一起到那儿看戏、下馆子，也度过那么一段

西城白米斜街地理位置图

吃喝玩乐的好光阴。那时候她梳起时髦的卷发，身着漂亮的旗袍，打扮得很讲究。

有时候两口子也不免拌嘴，刘振东是个倔人，文绣也有个性，"锅碗瓢盆交响曲"谁家都少不了，但毕竟两人都不年轻了，遇事互相担待着点儿也就过去了，夫妻感情还不错。

文绣在白米斜街隐姓埋名过着大半辈子都难得的平静生活，老街坊们到后来才知道，原来那个刘老太太就是末代皇妃文绣。

西城区白米斜街院内

随着国民党的溃败，当年的北平改天换地成了今天的北京，刘振东处在监督管制之下，文绣的日子过的一天不如一天，身体也逐渐垮了下来。然而，文绣竟太早地走到了生命的终点。1953年9月18日，当她因心肌梗塞而去世时，年仅44岁。

文绣去世后，刘振东从单位，也就是清洁队找了四块木板，做了一具没有棺罩的薄棺，在两名工人同事的协助下，没举行任何仪式，就拉到安定门外土城义地埋葬了。一抔黄土，埋葬了这位中国末代皇妃起起伏伏的一生。

文绣的一生可以说是凄苦的，很多人把它归罪于清朝将亡的乱世，其实历代帝王后宫里，比文绣不幸的女人比比皆是，反倒正是因为文绣生活在这个新旧交替的时代，她还有力挣扎，终于得到解脱。在溥仪的五个老婆中，文绣算是最幸运的了。贫困的苦楚，比起心灵上的压抑与摧残，实在是渺小得可以忽略不计了。

文绣

新文化运动纪念馆

现在就让咱们走进这个新文化运动纪念馆，与曾经在这里留下过痕迹的人们来一次精神上的真诚对话。

1918年前，在北京紫禁城的东北角一片名为沙滩儿的地方，一座坐北朝南、西洋风格、通体红砖建成的四层小楼拔地而起，成为了当时北京风格最前卫的建筑，这就是当时北京大学第一学院——文学院的教学楼，也就是我们通常所说的"北大红楼"。

说起红楼的身世，实在是复杂，它因北京大学而诞生，因"五四运动"而知名，如今又作为一座博物馆，肩负着展现新文化运动始末的光荣任务。现在就让咱们走进这个新文化运动纪念馆，与曾经在这里留下过痕迹的人们来一次精神上的真诚对话。

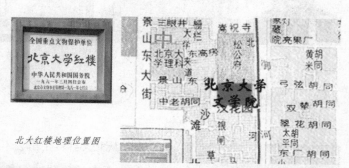

北大红楼地理位置图

北大红楼　　　　　　　北大红楼正门　　　　　　北大红楼老照片

新官上任三把火：蔡元培办学新主张

俗话说新官上任三把火，蔡元培上任伊始就引进了西方先进的教育理念，惊人之举不断。首先蔡元培在北大成立了教务处，主管学校工作，这里有一封蔡元培推荐马寅初当教务长，也就是现在的教务处主任的推荐信。更值得关注的是，原来国

蔡元培

内的大学都是男女分校，蔡校长率先打破了这个规矩，从此热情活泼的男女青年同校上课，为北大红楼添色不少。另外您还能在这里看到北大开办平民夜校的招生简章，以及公益团体的入会志愿书等等。

马寅初

推荐信

公益团体入会志愿书

慧眼识英雄：任命报告

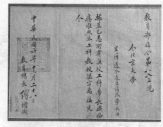
蔡元培给上级打的报告

当年从北大红楼走出去不少名人，陈独秀、李大钊、胡适、鲁迅等等等等。但您知道他们是怎么走进北京大学的吗？这还真多亏了蔡校长慧眼识英雄，当即作主招聘这几位新文化运动的核心人物到北京大学任教。在这儿我们

可以看到蔡元培为此给上级打的报告。随即陈独秀担任了文学院院长，胡适担任哲学系教授，李大钊担任图书馆主任，而当时的鲁迅先生只是在这儿做做兼职，主讲《中国小说史略》，每次上课楼道都站满了学生，迎接这位脸色苍白、昂首挺胸的个性老师。

家庭办公：箭杆胡同9号

新文化运动纪念馆，主角当然少不了陈独秀。走进新文化运动展厅，您可以看到一面墙上三本巨大的《新青年》罗列开来，了解新文化运动之前，我们不能不先对这本刊物产生兴趣。

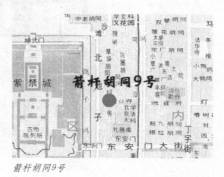

箭杆胡同9号

陈独秀

1915年9月，以陈独秀创刊《新青年》为标志，中国掀起一场空前规模的新文化运动。《新青年》的编辑部原来在上海，陈独秀到北京大学任教之后不久，《新青年》的编辑部也迁到北京。从此，新文化运动的中心也从上海转移到

《新青年》

新文化运动展厅

北池子大街箭杆胡同9号
原《新青年》编辑部

了这里。

陈独秀当年住在北池子大街箭杆胡同9号，《新青年》编辑部也在这里，作为主编的陈独秀就在家上班。在这个展厅里，您还能看到箭杆胡同9号大门的模型。当年这扇门里，就是汹涌澎湃、蓄势待发的新文化思想浪潮。

先进思想集合：李大钊办公室

北大红楼作为"五四运动"的策源地，而真正的焦点就是北大红楼东南角的这间办公室，这是李大钊先生的办公室。当年任北大图书馆主任的李大钊，通过从国外购买图书等方法，将马克思主义引进中国，举起了第一面马克思主义大旗。

李大钊先生在"五四运动"期间，对北大学生思想上的影响是不可估量的。当时各地学生的思想情况，都汇总到这间办公室里，缜密分析之

李大钊

李大钊办公室的桌椅

后，对学生进行适当的引导，从而使"五四运动"规模迅速扩大，并最后取得了胜利。现在这里的物件都是按照当年的样子摆放的，在这张会议桌上，曾经产生过多少革命决策我们不得而知，但这间屋子里曾经留下过青年毛泽东的足迹倒是千真万确的。

卧虎藏龙：新闻阅览室

阅览室

红楼里的阅览室现在也保持着原状，这里可是卧虎藏龙的地方，毛泽东青年时曾经在这里工作过。当年毛泽东经人介绍，认识了李大钊，并被安排在北大图书馆当助理员，工作虽然平凡琐碎，待遇也很低，每月月薪只有八块钱，当时教授的月薪起码在两百以上，校长蔡元培的月薪是六百元。当年虽然年轻但不浮躁的毛泽东，为了获取更多的知识和思想精髓，踏踏实实地对待这份工作，积极结交知识精英，在此积聚了丰富的理论财富，为日后奠定了坚实的基础。

青年时的毛泽东

毛泽东工资单

蔡元培工资单

来者不拒：北大学生教室

走进北大当年的学生大教室，桌椅依然码放整齐，似乎仍有朗朗读

北大当年的学生大教室

书声绕梁不绝，这张讲台后面，曾经多少文化大师、革命前辈在这里循循善诱、孜孜不倦地给学生讲课。为了传播爱国、民主、科学进步思想，红楼聚集了全国知名人士举行讲座，北京大学的课堂也有着来者不拒、去者不追的惯例。

北大红楼既是一座历史性博物馆，它本身也是一件由历史造就的展品。哪天您路过五四大街，别忘了抬头看看这座红色经典建筑，那砖瓦之上都有着丰富的历史信息，有待我们去思考和发现。

北大文学院教学楼

蔡锷在京遗迹

英雄加美人，绝对俗套却永远吸引人的搭配，

再加上点恰到好处的朦胧，这蔡锷……

鲁迅博物馆

在北京著名的白塔寺西侧，有一个青瓦灰墙的小四合院，

在一片已显陈旧的民居中，不留意都很难找到它。

然而它却是一代文豪鲁迅先生在北京居住的地方……

发现金丝楠木

这金丝楠木可是好木头，故宫里的许多建筑的大梁都是用的它，

而且据说这种木头在我国已经绝迹了。这么珍贵的木头是怎么发现的呢？

蔡锷在京遗迹

英雄加美人，绝对俗套却永远吸引人的搭配，再加上点恰到好处的朦胧，这蔡锷……

20年前的一部电影《知音》，将蔡锷和小凤仙这两个人的名字以固定搭配的形式刻在了不少人的脑海里。英雄加美人，绝对俗套却永远吸引人的搭配，再加上点恰到好处的朦胧，这《知音》里的蔡锷当年基本相当于青春剧的偶像，难怪几十年后还有那么多人对他念念不忘。

● 蔡锷在京档案

姓　　名：蔡锷

原　　名：艮寅，字松坡。

别　　称：风流儒将

出生日期：1882年12月18日（小凤仙出生于19世纪80年代末，两人年龄相当）

享　　年：34岁

死　　因：喉结核（据说是因为误诊，耽误了病情，才导致了蔡锷的最终死亡）

职　　称：陆军上将

婚姻状况：8岁订婚，只有一个老婆；31岁那年出现第三者小凤仙，结果老婆一气之下搬到南方居住（据说是为了工作，逢场作戏）

毕生最大成就：骗了袁世凯

家庭住址：西城区棉花胡同66号

北京原来有三条棉花胡同，其中两条分别在东城区的交道口和东四，而蔡锷住在西城区的棉花胡同66号。当年蔡锷手握重兵，却苦于身在云南边陲，难以施展抱负。此时袁世凯也对位高权重的蔡锷产生

了戒心，早就想把他调到身边予以监视，于是蔡锷调回北京，搬进了棉花胡同66号。这套房子的房东是袁世凯的亲家，当年袁世凯为了监视蔡锷，就把他安顿在了这里。

蔡锷回到北京，时刻都在袁世凯的监视之下，还被夺了实权。工作上压制，生活上袁世凯倒是对蔡锷挺关照，安排他认识了后来的桃色新闻女主角——小凤仙。据说蔡锷的老婆赌气回南方之后，蔡锷就与小凤仙同居在这里。

小凤仙

出双入对：宣武区樱桃斜街11号长宫饭店

认识小凤仙之后，八大胡同成了蔡锷的主要休闲场所。今天的宣武区陕西巷胡同，就是小凤仙当年"工作和战斗"过的地方。陕西巷在八大

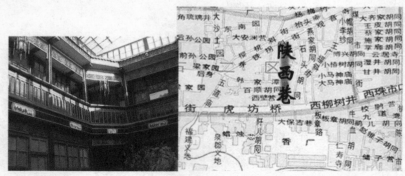

陕西巷   宣武区陕西巷胡同地理位置

胡同里属于高档社区，汇集了各色琴棋书画样样精通的妙龄女子，小凤仙就在陕西巷云吉班挂牌上岗工作。俗话说行行出状元，青楼女子也不例外，小凤仙属于身价颇高的那一类。

　　蔡锷认识小凤仙以后，整天乐不思蜀，经常在陕西巷——小凤仙的工作单位大摆宴席，与各方高官吃吃喝喝，公开确立与小凤仙的情人关系。两人出双入对，在这条胡同里不知道留下了多少亲密的身影。

　　樱桃斜街也是当年的八大胡同之一。如今樱桃斜街11号的长宫饭店，就是当年贵州会馆的旧址。蔡锷和小凤仙打得火热的时候，就曾经在这里双宿双栖。如果说两人从前都是逢场作戏的话，此时的共筑爱巢恐怕就有假戏真做之嫌了。当年的贵州会馆是八大胡同首屈一指的豪华娱乐场所，如今这里依然保持着当年格局，大型的天井式二层木结构楼

樱桃斜街11号长宫饭店

房，红廊绿檐环绕，红灯高挂，不失当年高档风月场所的气质与风范。

花前月下：西城区什刹海前海北沿18号会贤堂

　　蔡锷比现在的大腕明星想得开，对桃色新闻置之不理，反而跟小凤仙可着四九城的高档场所约会，还不戴墨镜。

　　西城区什刹海前海北沿18号有座灰色的小楼，是民国时期最豪华的饭庄，北京当年的"八大庄"之一——会贤堂，据说这儿曾经是蔡锷和小凤仙约会的老地方之一。他当时经常与小凤仙在公共场合出现，可能是为了麻痹袁世凯对他的警惕性，今天看来他当初的目的无疑是达到了，同时还抱得美人归，如此一举两得，我们不得不佩服蔡将军的才智了。虽然如今的会贤堂风光不再，但不难想象，几十年前，两个人花前月下享受着中式烛光晚餐时的浪漫情景。

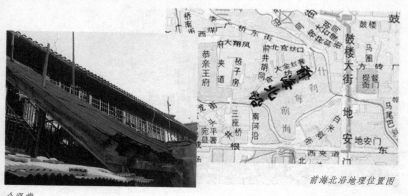

前海北沿地理位置图

会贤堂

逃之夭夭：前门火车站（京奉铁路正阳门站）

　　无论蔡锷与小凤仙之间是真情还是假意，最终小凤仙帮助蔡锷潜逃却是事实，关于细节，已经无从考证。但有一个共识：蔡锷当初是从京奉火车站，也就是正阳门火车站搭火车逃离北京的。京奉铁路正阳门车

前门火车站地理位置图

站始建于1903年，由于京奉铁路由英国修建，所以车站以西洋式建筑风格为主，这里曾经也是最具有北京地方特色的西洋风格建筑之一。1958年，崇文门东兴建了新的北京火车站，前门火车站才完成了历史使命，改成北京铁路职工俱乐部。

1997年原车站建筑开始进行维修、扩建，建筑除北部拆除部分以外，基本保留原状，现有地下二层，地上三层，改为老车站商城。

想象当年，这边蔡锷安全登上奔赴天津的火车，那边留下一个弱女子危机四重地与人周旋，这蔡锷可以说是要江山不要美人的典范了。

前门火车站旧貌

追悼会地点：中山公园

最终在蔡锷、梁启超等人的努力之下，袁世凯的皇帝梦只做了83天就破灭了。中国的政局暂时安定，而蔡锷却因积劳成疾，于1916年9月由上海乘船去日本治病，11月8日病逝于日本的福冈医院，年仅34岁。

蔡锷逝世后，曾在北京中山公园举行隆重的追悼会。会场上悬挂着

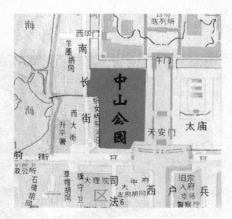

小凤仙的挽联:"不信周郎竟短命,早知李靖是英雄。"还有一联是小凤仙请人代笔的:"万里南天鹏翼,直上扶摇,可怜忧患余生,萍水相逢成一梦;十年北地胭脂,空悲沦落,赢得英雄知己,桃花颜色亦千秋。"

蔡锷

梁启超

袁世凯

睹物思人:松坡图书馆——北海快雪堂

蔡锷的名字永远留在了北海公园里的快雪堂。1923年,为纪念护国讨袁的蔡锷将军,由梁启超等人发起创办松坡图书馆,第一馆设在北海

北海快雪堂地理位置图

快雪堂

快雪堂，后又将图书馆改为蔡公祠，祠内正北设神龛，正中设蔡锷牌位，左右附祀与蔡锷同事共8人，另有琉璃木龛两个，陈列蔡锷手札及勋章等物。如今来北海快雪堂，面对这些遗物，睹物思人，纵然是与蔡锷不相干的你我也难免伤感，至于这里于小凤仙的意义，更是可想而知了。

蔡锷对小凤仙，是逢场作戏也好，是假戏真做也罢，抑或是志同道合的第三类情感，可能连他自己都没仔细想过这个问题。起初是忙着讨袁，袁世凯一死，蔡将军还没来得及考虑个人情感问题，就随风而逝了。留下小凤仙，与今天的我们一同思考着一个永远没有答案的问题：你到底爱不爱我？

鲁迅博物馆

在北京著名的白塔寺西侧，有一个青瓦灰墙的小四合院，在一片已显陈旧的民居中，不留意都很难找到它。然而它却是一代文豪鲁迅先生在北京居住的地方……

一代文豪鲁迅先生

鲁迅先生雕塑

在北京著名的白塔寺西侧，有一个青瓦灰墙的小四合院，在一片已显陈旧的民居中，不留意都很难找到它。然而它却是一代文豪鲁迅先生在北京居住的地方，这就是我们今天要带您参观的北京鲁迅博物馆。这个普普通通的院落不仅记录了鲁迅在北京期间最为辉煌的文学创作历程，也见证了鲁迅一波三折的感情生活，它也是新中国最早建立的人物传记性博物馆之一。

鲁迅博物馆地理位置图

鲁迅博物馆

馆藏珍品：难得一见的手迹遗墨

《阿Q正传》的外文译本　　　《自题小像》手稿

今天的鲁迅博物馆由陈列厅和鲁迅故居两部分组成。陈列厅中，有最新发现的《阿Q正传》的唯一一篇残稿，有鲁迅20多岁所写《自题小像》手稿，还有他在日本仙台医专学习时的解剖学笔记，都是十分珍贵、难得一见的珍品，堪称镇馆之宝。特别是这幅鲁迅碳笔速写像格外醒目，这幅画作于1926年5月，是鲁迅十分欣赏的青年作家陶元庆画的。鲁迅的《彷徨》、《坟》、《朝花夕拾》等书籍，也都是请陶元庆设计的封面，也正是由此开始，中国的新文学作品封面第一次出现了图

多种版本的鲁迅作品

画，这在当时可是创新之举。可惜陶元庆36岁时就因贫困和疾病去世了。鲁迅得知后，立即捐出300块钱为陶元庆修坟。要知道300块钱那时候可不是一个小数目。当时鲁迅买下这个四合院才不过花了800块钱。

90个春秋过后，这里依然留着这幅素描画像，在一大批经典作品封面的衬托下，留给后人一份不尽的思索。

鲁迅碳笔速写像

陶元庆设计的《彷徨》、《坟》、《朝花夕拾》等封面

鲁迅故居

百善孝为先：与母亲亲情交融

在陈列室的两侧，是鲁迅故居。这是一个经典的普通民宅，处处都蕴涵着上个世纪20年代老北京的特有风情。在这座小四合院中，三间北房自然是院落的正房，按照当时北京人的居住模式，这里是主人的正堂住所。东头这间是鲁迅的母亲鲁瑞的住所，中国自古强调百善孝为先，对于鲁迅这位饱学中国传统文化的学者，理所当然地把尽孝道视为天职。在这里，先生不仅尽其所能地为母亲安排生活起居，而且无论多么繁忙，每天必来陪母亲聊天。窗前的这张藤椅，见证了当年母子二人促膝而谈的温馨时光。别看鲁老太太没上过正规学堂，但也算得上是自学成才，她不仅每天读书看报，而且还时不时与前来造访鲁迅的年轻学者讨论时事呢。

鲁迅母亲鲁瑞

鲁迅母亲鲁瑞的住所

情感禁地：烙刻时代印记的夫妻生活

　　北屋中的这间西房，是鲁迅的原配夫人朱安的住处。但是对于鲁迅来讲，无论是他的人还是他的心，从来都没有走进过这个房间。1906年，奉母亲之命，25岁的鲁迅从日本回国与朱安结婚。面对着这个比自己年长三岁，又没有文化的裹足女子，鲁迅说："这是母亲送给我的礼物，我只能好好地供养她。爱情是我所不知道的。"

鲁迅原配夫人朱安的住处

25岁的鲁迅

鲁迅的原配夫人朱安

当年的竹筐

　　在这个小小的院落里，这对关系名存实亡的夫妇，同处一个屋檐下，不在一张卧榻中，没有感情交流，没有思想沟通，甚至没有最起码的生活接触。在朱安卧室的门口，至今还摆放着这样一个竹筐。当年鲁迅先生把穿脏的衣服扔进这个筐里，朱安拿去洗干净后再放回原处。一个普普通通的竹筐居然成为夫妻之间信息传递的媒介。这种现代人无法想象的夫妻生活，在上个世纪20年代的北京却不为鲜见。它烙刻着那个历史时代的鲜明印记，也为后人了解那个时代提供了一种特别的佐证。

鲁迅先生的卧室兼工作间

别有洞天："老虎尾巴"

从院子西北边的门往里走，通过一个狭小的过道，就可以看见北房堂屋向后接出的一个小房间，这种布局的房间，北京人俗称"老虎尾巴"。但鲁迅的这间小屋却是别有洞天。小屋的面积虽然还不足9平方米，但是北面两扇大玻璃窗占了整个墙面，所以使得房中光线十分充足，并不显得局促。这里就是鲁迅先生的卧室兼工作间。现在一切物品都按当年的样子摆放着，家具虽然简陋，但边边角角都留下了先生的指

鲁迅的小说集《彷徨》

一枝"金不换"毛笔

纹，在这里诞生过著名的散文诗集《野草》，小说集《彷徨》的大部分，杂文集《华盖集》、《华盖集续编》等。如果说鲁迅先生是一位战士，

那么这张写字台就应该算是他的阵地了。一枝"金不换"毛笔，就是鲁迅强有力的武器。如今斯人已逝，毛笔也只能躺在这里，让人们浮想联翩了。

师生之恋：完美归宿

鲁迅是一个充满理性的文学家、思想家，但他的感情世界里也潜藏

南房客厅

许广平

着文人特有的浪漫与热情。在这个小院里，鲁迅咀嚼过旧式夫妻的无味和苦涩，也品尝了新生爱情的甜蜜和喜悦。就在这个南房客厅的两套间里，走进了一位伴随鲁迅走完人生道路的红颜知己，她就是许广平。

1920年起，鲁迅在北京女子高等师范学校工作了6年时间，而许广平当时是北京女子高等师范学校学生会的总干事，也是校园内的风云人物。她的勇敢精神不仅表现在轰轰烈烈的学生运动中，也反映在她敢做敢为的对爱情的追求上。听了鲁迅一年的课，许广平就喜欢上了这个不修边幅的老师，她大胆地给鲁迅写了第一封信。

北京师范大学旧貌

许广平给鲁迅写的第一封信

1926年3月，在北京发生了举世震惊的"三·一八"惨案，在当时白色恐怖的笼罩下，客厅两套间的这张床铺

"三·一八"惨案

是许广平唯一可以安心入眠的地方。这次避难，使久已蕴涵在师生之间的情感急剧升温。经过反复思量，鲁迅终于做出决定，他答复许广平说："我可以爱。"

在鲁迅的床上，现在依然搁着枕套，上面绣着"卧游"、"安睡"的字样，一针一线都缠绕着两个人彼此间的爱意与挂念。即便在今天看来，也是够让人羡慕和感动的了。

绣着"卧游"、"安睡"字样的枕套

1926年8月，鲁迅与许广平离开了北京，一直到1936年10月19日鲁迅在上海逝世，他再也没有回过北京的这个小院，只有他的母亲和朱安女士依然生活在这里。今天，这个静谧的四合院墙还是青灰色的，门窗依旧朱红，故居中展示的每一件物品都保留着原有的状态，令人追思不止、深思不尽，也让到这儿参观的每一个人都深切地领悟到博物馆特定的主题：走进鲁迅，体味民魂。

鲁迅与许广平

发现金丝楠木

这金丝楠木可是好木头，故宫里的许多建筑的大梁都是用的它，而且据说这种木头在我国已经绝迹了。这么珍贵的木头是怎么发现的呢？

发 现 者：周良
发现目标：重见天日的皇家御用金丝楠木

这金丝楠木可是好木头，故宫里的许多建筑的大梁都是用的它。而且据说这种木头在我国已经绝迹了。这么珍贵的木头是怎么发现的呢？我们和周老先生一起来到了这根金丝楠重见天日的地方。

原来这是通州区在治理运河环境时发现的。据周老先生讲，这根木头有3吨多重，发现以后费了很大的周折才运走的。

● 采访周良

说非常难弄，用了两台吊车才弄走，现在已经保护起来了。

原来已经保护起来了，那我们此行还能见到这根珍贵的金丝楠木么？我们的心里还真没底。

经过周老的一番交涉，看管单位终于答应让我们去看看。马上就要看到这宝贝了，我们不禁兴奋了起来。

您看到了吧，就是这根木头，个头可真够大的。据周老先生说，这根金丝楠木有10.83米长，直径达到了60厘米。一棵金丝楠长这么

金丝楠木

大，估计怎么也得五六百年的时间，听周老先生说，这种木头是在南方预订回来的。

● 采访周良

　　建设北京的时候，需要建什么殿，需要什么尺寸的木材，需要什么木头，到南方去选伐。所以这些木头在南方就加工好了，然后做成方子运回北京。

　　这么大的金丝楠木要是没有沉在河底，估计现在一定和它的兄弟姐妹们一样在故宫的某个大殿里待着呢。看着这根木头，我们不由得产生了一个疑问：这可是皇家的木材，怎么会说沉就沉了呢？

　　周老先生把我们带到了离这根金丝楠木出土地点不远的通州北皇木厂。

● 采访周良

　　这个木厂是明代嘉靖七年以后建成的。为什么叫皇木厂呢？就是因为建设北京皇家用的从南方运来的大批木材存在这里头。

　　原来这里以前是存放皇家木材的大仓库，可是这仓库和

通州北皇木厂地理位置图

皇木沉没有什么联系呢？我们心中的疑惑更大了。

 采访周良

咱们新近出土、整治河道挖出的这根皇木，就是当年大水时，从这片村子里漂起来以后，顺着河流下去的。淤沙淤塞以后，现在发掘了出来。

听周先生这么一说，我们心中的疑团总算解开了，原来就是在这里被大水冲走的。而且据周先生分析，那场大水冲走的皇木绝对不只这一根，应该还有很多。随着运河治理工程的深入，很有可能会发现更多的皇木。

另外有民间传说，说金丝楠木一到水里就会沉底，绝对浮不起来，为此我们专门请教了周先生，周先生说这是误传，金丝楠木的比重是0.8，水的比重是1.0，所以金丝楠木是可以漂浮在水上的。

平谷

我们带您去看看让北京人如数家珍的京东绿谷——平谷。

上宅文化陈列馆

走进上宅文化陈列馆的大门，您别急着往展厅里钻，

先跟我到展厅旁边去看看这几块默默无闻却各有非凡身世的石碑。

发现三羊铜罍

当年就在刘家河村东头的池塘边上，一件件斑驳的金属器皿

在村民的锄头下相继现世，一座商代墓葬重见天日，

刘家河从此一鸣惊人，这风光一直延续到了 20 多年后的今天。

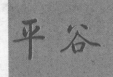

我们带您去看看让北京人如数家珍的京东绿谷———平谷。

平谷区地理位置图

在京城东北，距朝阳区东直门70公里之外，有一片三面环山的平原谷地。它曾经静默地依偎在群山叠翠之中，如今飞速崛起于长城脚下，这就是我们今天的主角儿，与城八区流淌着同样血脉、让北京人如数家珍的京东绿谷———平谷。

● **平谷区档案**

出生日期：公元前195年农历三月

年　　龄：2200岁

籍　　贯：北京

体貌特征：三面环山，中为平原谷地，北靠长城，东拥洵河，西抱洳河。

财产登记：20万亩桃林，20多种矿产资源，近百种野生动物，500多种野生
　　　　　植物，遍地良田等等。

说起平谷这片土地的形成日期，可以追溯到上古时代，而公元前195年农历三月，是平谷县的确切出生日期。别小看这么一个简单的年月日，却让专家学者们翻箱倒柜、茶饭不思地考证了好几个月，最终得以确认。

《汉书》记载，早在西汉就有了平谷这个地名，《长安客话》进一步证实，平谷在西汉叛臣卢绾出逃塞外之时，即公元前195年农历三月建制，但具体日期无从考证。凑巧的是，平谷的农历三月，正是桃花盛开的季节，放眼望去，满眼是粉红色的璀璨，娇艳不已。扑面的花香袭人，浓而不俗。根据中国节日的习俗，平谷的生日被定为农历三月初三，此为又一个巧合，情人们带着浪漫情怀前来赏花，原来这一天自古就是中国的情人节。

● **采访陈平**（北京市文物研究所研究员）

根据《礼记·夏小正》记载，在中国古代的中原地区，三月三就是最早的情人节。到了三月三这一天，因为是春天，春暖花开了，是万物生长的季节。那么，我们的祖先就把这一天定成情人节。这一天是男女青年约会的日子，各家的家长不得阻拦，就是私奔你也不许禁止。

吐故纳新的季节，繁花盛开的日子，再加上情人节的浪漫情怀，三月初三，对于平谷来说，绝对是个好日子。

而平谷此时的人面桃花，春风荡漾，可以说是对这一天最浪漫最权威的诠释了。

皇帝俱乐部：丫髻山

在平谷，皇气儿最足的地方就要数刘家店乡这座素有"仙山神福地"之称的丫髻山了。据说丫髻山这个名字源自

丫髻山远眺

山顶上的两座道观

山势外形。从远处看，丫髻山高耸的两座山峰，仿佛小女孩头上梳的丫髻，故名丫髻山。山顶上两个制高点有两座道观，一座是碧霞元君祠，另外一座是玉皇阁。民间传说这是玉帝和王母两口子的别墅。

　　咱先说说这碧霞元君祠，要说它的岁数可不小了，它生于盛唐，茁壮成长于元明，清代成材，迎来了一生中的鼎盛时期。这里曾经多次接待过康熙、乾隆、道光等多位清朝国家领导人，并且题词留念。康熙爷在这儿举办了60岁的生日宴会，还特意写了篇抒情散文，赞美丫髻山是近畿福地，意思就是北京城边上的好地方儿。乾隆爷没事儿也来这转悠转悠，由着性子到处留诗，以至于乾隆御笔比起他爷爷康熙的来要廉价多了。道光皇帝是个孝子，曾经带着老妈来进香。雍正对

碧霞元君祠

这座道教名山也恩宠有加，就职当皇帝的第一年，雍正就下了文件，说每十年在丫髻山举办一次祭拜大典。

老百姓常说，卢沟桥的狮子，丫髻山的碑，数都数不清楚。丫髻山从山脚到山顶，步步有碑，很多都是香客所立。由于错落有致，又立于山中，数来数去，就一个字——晕。不过这也说明当年香火的鼎盛了。当时京城人气儿最旺的道观有五座，被称为"五顶"，但跟丫髻山比起来，简直是班门弄斧了。丫髻山的香火鼎盛，反映了道教在我国历史上的重要地位。

丫髻山的碑

丫髻山的道观

道观里的神仙

有祖共祭：鱼子山轩辕黄帝陵

在平谷，历年来争议最多的地方，恐怕就是县城东北7公里以外的鱼子山轩辕黄帝陵了。黄帝陵咱国内有不少，关于真假，争论不休，平谷鱼子山的轩辕黄帝陵也是其中之一。就此问题，平谷区政府专门开了

鱼子山轩辕黄帝陵

个专家论证会。通过遗址挖掘、查阅史料，另外综合关于黄帝的各种传说，为这座生于汉代的鱼子山轩辕黄帝陵验明了正身。

● 采访王宇信（中国社会科学院历史研究所研究员）

北京的黄帝陵虽然没有陕西的黄帝陵有名，但是它有文献可考，有考古发掘可证，有遗址可寻。另外当地老百姓有民间传说，口头上的传说可供参考。另外有黄帝在北京地区活动的历史传说和文化古迹。

站在鱼子山头远远望去，轩辕庙身后9座山脉蜿蜒开来，仿佛血液流淌，又似苍龙卧谷。据说第四个山头就是黄帝的安葬之处。眼前的这条山脉，用老百姓的话来讲，风水绝佳。

● 采访尹钧科（北京市社会科学院研究员）

从黄帝陵轩辕庙下边往上看，你就会发现一条山脊，弯弯曲曲从下边一直到山顶，这个山势就可以称之为龙脉。这道龙脉跟清东陵的龙脉差不多，是非常典型的一道龙脉。

这轩辕庙始建于汉代，历经数千年，脚下依然青山流水，庙宇早已面目全非。现在的轩辕庙是村民自发捐款，在保护原来遗址的基础上，按照汉代的建筑风格重建的。其实黄帝陵的真假并不重要，中国人皆为炎黄子孙，俗话说"有祖共祭"，黄帝他老人家多几个陵墓，无非是满足大家对黄帝的崇拜之情，方便祭祖而已了。

轩辕庙

● 采访王宇信（中国社会科学院历史研究所研究员）

黄帝实际已经不是历史学家所研究的所谓真有其人还是历史传说，黄帝实际上已经超出史学的范围，是一种文化现象。黄帝是每一个中华民族子孙的鼻祖，轩辕黄帝陵是我们寄托寻根诉求的最佳载体，这其中血浓于水、落叶归根的中华情结，或许才是眼前这恢弘庙宇、如黛群山的真正意义所在。

论功行赏：博陆城

平谷于西汉建县，如今平谷区的北城子村，当年建县时便已存在，这里有一片汉城遗址被命名为"博陆城"。说到博陆城，不得不提的一个人叫霍光，他是霍去病的弟弟，哥俩都挺给老霍家争气，皆为忠臣良将。这座博陆城就是当年汉武帝奖励给霍光的。

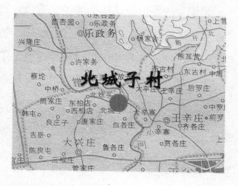

● 采访胡尔森（《绿都平谷》编辑部副主编）

这块因为是汉城了，西汉的县城旧址，所以这儿种庄稼它也不爱长，种草它也不爱生，遍地都可以踢出一些秦砖汉瓦，这价值应该是很高的了。平谷从汉高祖到汉武帝这儿，包括他们的儿孙，都留下了足迹。

据说当年平谷区发掘上宅文化遗址的时候，修复陶器所用的材料，就是从我们眼前的夯土层筛选提炼出来的。

汉城遗址

夯土层

　　其实说起平谷的历史，三天三夜也只能讲个开头，这片从远古时代走来的土地，承载了太多的中华文明和古都文化，千百年来，平谷依傍在京城东北，说不尽的历史典故，道不完的传奇故事，令这片土地焕发着诱人的魅力。它肩负着历史的讯息，谱写明天的传奇，我们于平谷的感情，仿佛无法用热爱简单涵盖。或许是向往，抑或是眷恋，也可能是迷恋上了那种从泥土中渗透出来的凝重的历史气息。

上宅文化陈列馆

走进上宅文化陈列馆的大门，您别急着往展厅里钻，先跟我到展厅旁边去看看这几块默默无闻却各有非凡身世的石碑。

平谷区有个上宅村，1984年这里迎来了一支国家考古队，而后五年间，上宅村被真正意义上的"挖地三尺"，随着越来越多陶器、石器的重见天日，一种新的远古文明浮出水面，上宅文化由此诞生。现在咱们就走进上宅文化陈列馆，听我给您讲讲关于平谷这片风水宝地的传奇故事。

上宅村地理位置图

上宅文化陈列馆

旅游随笔：水峪寺题诗碑

走进上宅文化陈列馆的大门，您别急着往展厅里钻，先跟我到展厅旁边去看看这几块默默无闻却各有非凡身世的石碑。

石碑

第一排左手边的这四块石碑刻的是两首诗，都是旅游随笔。一首诞生于洛阳徐学古笔下，一首出于关中杨兆之手。据说两人当年都是高干，到平谷水峪寺旅游，触景生情，有感而发，于是挥笔作诗。这一落笔话还不少，一块碑都装不下，只好分而刻之。所以眼前这四块碑，实际上写的是两首诗。

行云流水般的行书碑文

石碑自古多见。这哥四个的特别之处，在于所刻文字的书法功底，咱们见多了楷书、隶书的碑文，如此行云流水般的行书却不多见。俗话说内行看门道，外行看热闹，咱们暂且先看看热闹，等哪天得到大师指点，我再给您讲讲这字里行间的神来之处。

阴阳两地：汉代墓门

咱平谷的历史，动辄就得直奔远古时代，往近了还得从汉代说起，明清的遗物都只能算是后生晚辈。在这儿有一件石刻品就诞生于汉代，从造型不难看出，这是一座门，如今只剩下右边一扇门板。站在石门前，总让人有穿门而过的冲动。可我要说它的用途，恐怕您就望而却步了。

这座石门出土自汉墓，古代用来隔绝阴阳两地。换句话说，从象征意义上讲，穿过这扇门咱们就到了另外一个世界。墓门虽然风华历久，但精美的雕饰仍然清晰可见。两侧门框上的门卫，估计相当于咱们现在的保安，手持箭戟，神情肃穆，栩栩如生的朱雀，仿佛欲腾空而去。朱雀作为一种神鸟，可以说是陵墓的宠物，在平谷鱼子山黄帝陵的轩辕庙，大门两边便是昂首振翅，身材婀娜的朱雀雕饰。

六畜兴旺：陶猪头

走进上宅文化陈列馆，我们去看看今天真正的主角。这里展出的陶器，说起岁数都是6000岁以上，其中的明星是一个手机大小的陶猪头。

据说这陶猪头证明了早在6000多年前平谷这地界儿畜牧业就比较发达。从中不难看出，当年这儿的老百姓过着六畜兴旺、衣食无忧的远古版小康生活。

陶猪头

跨时空组合：圆足钵

圆足钵

在这您能看到最多的恐怕就是瓶瓶罐罐儿了，它们当年各有用处，几千年后重见天日，都已经支离破碎。您看它们身上白色的部分，就是考古学者后期修复上去的。

您可别小看这上面一块块的补丁，人家虽然不是这儿的主角儿，但是出身也不低，这些白色的黏土，都是从北城子村汉代博陆城遗址残留的夯土层中提炼出来的。这些如今被还原真身的瓶瓶罐罐儿，可谓是幸运中的幸运。要知道在上宅出土的陶器中，无数的碎片都已经无法拼凑成型，而我们眼前的这些作品，却成为了远古时代与汉代土质跨时空完美结合的标本。

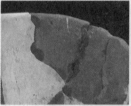

圆足钵上的补丁

勤劳致富：石磨盘

除了陶器，这儿另外一个主角儿就是石器了。您看这是远古时代劳动人民所用的石磨盘。从考古学上讲，这些石器工具证实了平谷早在远古时期就有比较发达的手工业和农业。换

石磨盘

个角度来说，中国人民勤劳致富的传统美德，如此看来可以追溯到远古时代了。听说刚才我们看到的陶器，制作用的黏土材料中的粗糙颗粒，就需要用石磨盘等工具研磨细致。看来这上宅文化陈列馆里看似不相干的东西，都暗含着千丝万缕的联系。

群英荟萃：灰沟模型

灰沟模型

我们介绍了那么多上宅村出土的精品，现在再去看看这些精品当年栖身的地方，这就是上宅灰沟，虽然眼前只是一座模型，但比现场更容易让人形成直观的认识。据说灰沟原来就是一个倾倒废物的地方，随着时间的推移，这里堆积的废物可以跨越千年，而且按层分布，每一个层面都代表了不同的时段，为考古工作者分析上宅地区的历史提供了参考依据。

您看这横截面上的带状痕迹，就是考古层的分布情况，而我们刚才看到的这些陶器，就是出自四到七层，也就是说它们是6500到7200年前的物件儿。这些上宅村出土的文物，最大的意义无疑在于其考古价值，但它们更是一种远古文明的载体。其实无论是劳动工具还是艺术品，都是远古时代平谷人民生活的一种原生态的表现，正如今天的平谷一样，每个人的生活当中都蕴涵着点滴的文化讯息，于后来人都是一笔无价的宝贵财富。

乘车路线：东直门乘坐918路支线到金海湖站下车即可。

行车路线：金海湖旅游区对面。

　　　　　　博物馆周围停车位充足，有免费团体讲解服务。

电　　话：010-69991268

开放时间：9：00～16：00

参观 小锦囊

发现三羊铜罍

当年就在刘家河村东头的池塘边上，一件件斑驳的金属器皿在村民的锄头下相继现世，一座商代墓葬重见天日，刘家河从此一鸣惊人，这风光一直延续到了20多年后的今天。

聊起平谷，其中很多话题都是围绕着刘家河村展开的，当年就在村东头的池塘边上，一件件斑驳的金属器皿在村民的锄头下相继现世，一座商代墓葬重见天日，刘家河从此一鸣惊人，这风光一直延续到了20多年后的今天。

驱车来到刘家河村，并没有看到我们想象中壮观的商代墓葬遗址，从村民那打听到，眼前的这片荒地就是当年的挖掘现场，只不过现在已经将沙土回填了，问起当年的发掘过程，老乡们非常热情。

● 刘任福（村民）

中午吃完饭以后，听说这边儿出宝了，挖出东西来了，我就颠颠儿往这儿跑。到这儿来了，我一瞅那儿正挖出来一个喝酒用的酒杯，起码是三国以前的东西。

拿到北京相关单位，经鉴定是商代青铜器。随后一支考古队奔赴平

刘家河村地理位置图

商代墓葬原址

142

谷，从此刘家河不再沉默。随着考古队深入挖掘工作的开展，商代墓葬重见天日。当年这地界儿出土了不少好东西，听说其中几件就收藏在首都博物馆里。

这下我们来了精神头，脚底下油门儿一踩，直奔首博。一路上我们难免有点忐忑，咱们这次奔首博和以往不同，一没联系，二没协调，实在有点莽撞。但托了刘家河的福，一进首博，还好见到了我们的老朋友王武钰副馆长，人家一听说我们是奔着刘家河的物件儿来的，二话没说，办完相关手续，带着我们直奔修复中心，听说新首博要上展的东西都在这里修复。

走进修复中心，在一位老师傅的手中我们第一次见到了刘家河出土的青铜器——三羊铜罍。

三羊铜罍

● **王武钰**（首都博物馆副馆长）

刘家河墓里出土的最精美的一件，这叫三羊铜罍。它在这次首博要上展的商代的铜器中是最为精美的。

三羊罍可以说是刘家河出土的青铜器中的明星，可与之媲美的还有几件金器。比如金臂钏、金耳环，还有堪称刘家河出土文物第一号主角儿的铁刃铜钺，这几件都收藏在天安门广场旁边的国家博物馆里，如果有时间，我们一定带您看看。

金耳环

金臂钏

铁刃铜钺

鲁迅在京遗迹

今天我们只去大街小巷，找找故居，

寻寻足迹，走进作为普通人的鲁迅的内心世界。

宋庆龄故居

让我们走进风景秀丽的后海北沿儿，那儿的一处大宅子。

大门上方的一块黑底金字的横匾告诉我们，

这儿是中华人民共和国名誉主席宋庆龄的故居。

发现慈禧太后遗物（上）

今天我们要带您去一趟北京西苑，在那住着一户既普通又特别的人家。

说到这您可能要问了，他们家到底有什么好东西？

鲁迅在京遗迹

今天我们只去大街小巷，找找故居，寻寻足迹，走进作为普通人的鲁迅内心的世界。

说到鲁迅，必加"先生"二字以表尊敬，有太多的光环让我们不得不仰视这位个子不高的先生。稍加留意就会发现，鲁迅先生的头衔大都强势而火药味十足，诸如"猛士"、"闯将"、"旗手"、"先驱"，不胜枚举。然而今天咱们不谈作品，不论革命，只去大街小巷，找找故居，寻寻足迹，走进作为普通人的鲁迅的内心世界。

● 鲁迅在京档案

姓　　名：鲁迅

原　　名：周树人，字豫才。

出生日期：1881年9月25日

享　　年：55岁

婚姻状况：一夫二妻。原配妻子属封建包办，并无
　　　　　事实婚姻关系。与许广平自由恋爱。

毕生最大无奈：娶了自己不爱的老婆。

终生最大委屈：被弟媳诬陷行为不检，导致与弟弟周作人决裂，百口莫辩。

"鲁迅"出生地点：宣武门外南半截胡同7号绍兴会馆。

宣武门外南半截胡同7号绍兴会馆

周树人来北京，第一个像样点的住处就在宣武门外南半截胡同7号的绍兴会馆。周树人当年从绍兴到南京教育部任职，之后又随教育部搬到北京。据说离家时他还是新婚燕尔，只可惜夫妻二人毫无感情可言，不仅异梦，而且都不曾同床。所以有人猜测，周树人选择在外地工作，不免有点逃婚的意思。

1918年，周树人第一次用"鲁迅"的笔名发表《狂人日记》，开拓了作为自由撰稿人的第二职业。如果说周树人出生于绍兴，那么"鲁迅先生"该算是出生在北京的了。

现在的南半截胡同所在的宣武门一带，已经拆得看不出一点原来的样子了，但南半截胡同幸存了下来。绍兴会馆所在的7号院，原来挺豁亮，现在变为民居，格局变了不少。进门往左走，最后边几间屋子就是鲁迅住过的地方，房顶上的老瓦是这几间房子唯一的身份证明了。

我们到访的前一天，北京刚刚下过冰雹，房顶旧瓦的身子骨已经不够硬朗，上边的油毡是住户头天晚上刚刚铺好的，时隔80多年的新老物件儿，如今相互支撑着，难免让人产生岁月如梭、物是人非的怀旧感慨了。

娱乐场所：琉璃厂

鲁迅当年最大的兴趣爱好，就是去琉璃厂淘书，而且一逛就是大半天。当年的琉璃厂颇有点星光大道的味道，文人雅士要是没在琉璃厂留

琉璃厂地理位置图

琉璃厂

下点足迹，不是没文化，就是没品位。当年这儿除了书店多，就是古董多，名人字画数不胜数，真家伙不少。齐白石当年就是在这儿起的家。如今的琉璃厂成了老外的天下，来这儿大都是猎奇，真正能品出味道来的还真没几个。至于这琳琅满目的字画古董，究竟有多少真货，我们就不敢妄断了。

据说鲁迅还经常出没于前门一带。理发洗澡一条龙，在这儿都能解决。如今的前门大街还是那么热闹，只是少了京腔京韵，取而代之的是嘈杂含糊的叫卖与布局纷乱的摊位店铺。估计当年环境若是如此，恐怕鲁迅先生早就没有心情在这里沐浴了。

齐白石

148

琳琅满目的字画古董店

前门一带

工作地点：北大红楼

鲁迅曾经在北大当过老师，办公地点就在今天位于五四大街的北大红楼。据说当年鲁迅先生在这儿讲课只是兼职，大概相当于现在的教授走穴。

要说当年鲁迅先生人气儿极旺，好多学生都从外地赶来，就是为了听他的课，设想鲁迅先生要是生在市场经济为重的当下，出场费一定是少不了的。

北大红楼

现在的北大红楼，被开辟成了新文化运动纪念馆，其中两个展室的主角儿，都是鲁迅的铁哥们儿、北大的校长蔡元培。当年鲁迅来这里教书，就是应蔡元培的盛情邀请。北大红楼可以说是群英荟萃的地方，李大钊的办公室，青年毛泽东工作过的阅览室，还有鲁迅先生讲过课的大教室，如今都作为看点在这里原状

蔡元培

青年毛泽东工作过的阅览室

鲁迅先生讲过课的大教室

展出。几位伟人估计生前没有预料到，自己日常生活中的细枝末节，能让今人如此趋之若鹜，几十年后还接受着文化追星族的瞻仰。

兄弟反目：西直门内八道湾胡同11号

西直门内八道湾胡同11号

周作人

鲁迅这辈子住过的最好的房子，恐怕就要数西直门内八道湾11号了。当时鲁迅的工作性质基本相当于现在的自由撰稿人，钱不少赚，但都上缴给弟媳妇。但他这位弟媳妇可谓是小姐的身子丫鬟的命，自己没收入，家境也不好，但花钱还大手大脚，爱心泛滥，随意施舍。这为鲁迅与弟弟周作人决裂埋下了隐患。

在八道湾11号居住的日子里，鲁迅一家

子其乐融融，生活条件也比较优越。良好的工作环境使鲁迅在写作方面实现了高产。不仅如此，八道湾也因为鲁迅的迅速走红而热闹起来。蔡元培、郁达夫、胡适等文化界的知名人士都经常来串门儿。如今看来，这里接待过的最知名人物当属毛泽东，只不过当时他正值青春年少，当年在鲁迅的客人当中只能算是后生晚辈了。

蔡元培

郁达夫

胡适

可叹好景不长，鲁迅与弟弟周作人因为多种复杂矛盾而最终决裂，据说这件事其弟媳妇扮演了重要角色。历数千百年来不少名人贤士都曾经栽在了红颜祸水里，如此说来，咱们的鲁迅先生只落了个兄弟反目，还赢得了大多数人的信任与支持，算是其中的轻伤了。

二人世界：砖塔胡同61号

鲁迅与弟弟决裂之后，搬到了砖塔胡同61号院。如今再去砖塔胡

砖塔胡同

61号院已成废墟　　　　　　84号院已变了格局　　　　　　鲁迅的妻子朱安

同，才发现61号已经成为了一片废墟。就当我们为此感到遗憾的时候，当地的居民告诉我们，原来的61号院现在已经改为了84号，那才是鲁迅与妻子朱安的二人世界。

对于鲁迅来说，这段时间不得不第一次与毫无爱情可言的妻子朝夕相对，可谓度日如年。据统计，鲁迅共与朱安单独相处了130多天。84号院虽然如今已经变了格局，但仍然不难看出空间有限。遥想当年，鲁迅在如此狭小的生活空间里，还要与妻子朱安保持一定的距离，是何等的难为了。

独立产权：北京市阜成门内宫门口二条19号

北京市阜成门内宫门口二条19号鲁迅故居

鲁迅在北京的最后一处住所，也是唯一一座拥有独立产权的房产，在今天北京市阜成门内宫门口二条19号，当时这儿叫北平西三条。

鲁迅与许广平的师生恋就是从这里开始的。在中间堂屋的北边，接

鲁迅戏称为"老虎尾巴"的一间小平房

鲁迅经常在这里伏案写作

出一间小平房,好像四合院后边长了条尾巴,所以被鲁迅戏称为"老虎尾巴"。可以说"老虎尾巴"是这个院子中留下鲁迅身影最多的地方。当年尚是师生关系的鲁迅和许广平,就经常双双出现在这里。彼时的许广平,算得上是鲁迅的得力助手兼得意门生。鲁迅经常在这里伏案写作,他给许广平写的情书许多就是诞生在这里。

据说当时已过不惑之年的鲁迅先生,面对许广平的大胆示爱,也曾经犹豫、迷茫,还不免羞涩。在鲁迅的床上,我们还能看到当年许广平送给鲁迅的定情之物——绣花枕套,上边绣有"安睡"、"卧游"四字。不难想象,当年鲁迅先生头枕广平的一片痴情,那睡梦中的感觉,就一个字——美。

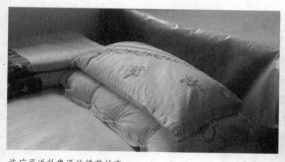
许广平送给鲁迅的绣花枕套

鲁迅先生和许广平

有情人终成眷属,鲁迅与许广平在上海成婚,那年鲁迅47岁,许广平刚好30岁。先生辞世之后,许广平继承了赡养朱安的义务,两个女人并没有因为一个男人而反目,可谓难得。而鲁迅先生在婚姻的尴尬、社会的动荡与家庭的压力之下,苦了大半辈子,最终获得真爱,虽然短暂,却也算是不枉此生了。

宋庆龄故居

让我们走进在风景秀丽的后海北沿儿，那儿一处大宅子。从大门上方的一块黑底金字的横匾告诉我们，这儿是中华人民共和国名誉主席宋庆龄的故居。

中华人民共和国名誉主席宋庆龄

在风景秀丽的后海北沿儿，有一个灰色高墙的大院子，按老北京的话说，这儿可是一处大宅子。在这座重檐高楣的大门上方，一块黑底金字的横匾告诉我们，这儿是中华人民共和国名誉主席宋庆龄的故居。

幽雅院落：昔日的王府花园

进门就是一条幽静的小路，再穿过这座游廊上的恩波亭，就会看到在这片被叫做南湖的水面周围有一棵棵高大的古树，一片片翠绿的草

畅襟斋

濠梁乐趣

太湖石

坪。前厅的濠梁乐趣，后厅的畅襟斋，都透着一种特别的高贵和典雅。在这儿我要告诉您，这个园子原本就不是个普通的地儿，它是清朝末年醇亲王载沣的摄政王府花园，这个醇亲王就是末代皇帝溥仪他爹。

醇亲王载沣

要知道那个年头修花园可不是想怎么修就能怎么修的，甭管是亲王、贝勒还是王公大臣，都得严格按自个儿那建筑面积，要是超了标，脑袋一准就会搬家。就冲这规矩，您再瞧瞧这个5000多平米的大花园，还有这块"岁岁平安"的太湖石，就能想象出当年这个王府庭院的气派了。然而星移斗转，岁月流逝呀，皇家园林终成过去。到了20世纪60年代，周恩来总理亲自选择了这个地方为宋庆龄建造住所。

中西合璧：体现主人风范

在中国现代史上，宋庆龄的名字是与推翻帝制、反对侵略、保卫和平、争取民主紧紧地联系在一起的。新中国成立以后，宋庆龄作为国家领导人，党和政府曾多次计划为她在北京修建住宅，可都被她一再谢绝了。直到1962年，周总理亲自筹划，决定借醇亲王府花园以接续的方式再建一座二层小楼，作为宋庆龄的住所。

约翰·纳什

从整体结构上看，这地儿既保留了原有的古典园林的特色，又借鉴了现代建筑风格。您瞧这座新建的楼房，外观采用中国式的飞檐斗拱，而内部结构和设施却是西洋式的，可以说是巧妙地荟萃了中西方建筑的优点。

对于宋庆龄来讲，她早年在美国读书，精通西方文化，又热爱中华传统文化，在这样的环境中居住是再适合不过了。曾获诺贝尔经济学奖的约翰·纳什到这里参观后，就曾作过这样的评价："宋庆龄是东西方文化的结晶，中西合璧的建筑结构正好体现了她的特点。"

宋庆龄的住所

再现当年：主楼陈设

在这座主楼里，宋庆龄居住了18年，从1963年4月起到1981年5月29日逝世，她一直工作生活在这里。现在这里的主要陈设还基本保持着她

现在这里的陈设还基本保持着她生前的原状

生前的原状，为我们展现出当年的真实环境。

这是一楼的小客厅，是宋庆龄当年接待客人的地方。要拿现在人的眼光来看，这个小客厅可能已经显得过于简单，然而这里可是接待过大人物的。刘少奇、周恩来、陈毅等国家领导人都曾经在这里和宋庆龄一起探讨国家大事。另外这里还接待过许多外国政要和国际友人。

二楼是宋庆龄的卧室、办公室和书房。您看这些看起来不配套的沙发茶几，这些普通的衣柜、台灯、办公桌，满满一面墙上摆放的三千册图书和刊物，似乎都向我们展示着宋庆龄这位伟大女性渊博的学识、高雅的素养、丰富的生活和朴素无华的作风。

珍贵史料：馆藏文物

在宋庆龄故居里，保存着一万多件珍贵的文物藏品，这里有宋庆龄

馆藏文件

孙中山就任临时大总统时戴的礼帽　　*这支手枪是孙中山送给宋庆龄的结婚礼物*

的手札文稿、英文打字稿、各种文件、信函和照片，还有许多日用品和纪念品。您可不要小瞧这些东西，这里有不少算得上是稀世珍品的无价之宝，每一件都记录着一段难忘的历史，讲述着一个感人的故事。像这个礼帽，是孙中山就任临时大总统时戴的，宋庆龄一直精心保存。这支手枪是孙中山1915年送给宋庆龄的结婚礼物。从那年开始，宋庆龄陪伴着孙中山共同度过了十年的坎坷和磨难。

业绩展示：永远的缅怀和纪念

　　提到宋庆龄，那要讲的事可就太多了。您可能会想到，她从青年时期就开始协助孙

孙中山和宋庆龄

中山先生致力于民主革命；会想到她几十年如一日，为祖国的自由解放和繁荣富强努力奋斗；想到她热心维护世界和平、推动祖国统一、关心

宋庆龄老照片

少年儿童的健康成长。

当年的大客厅濠梁乐趣，还有原来的大餐厅也就是畅襟斋，现在都开辟成了宋庆龄生平事迹展览馆。通过近400张历史照片，300多件文物资料，详实地反映了宋庆龄的光辉一生，为我们展现出这位伟大女性艰辛而壮丽的革命历程。她被誉为"国之瑰宝"、20世纪最伟大的女性之一，她的美貌、心灵、意志、信念、胸怀、文化素养和人格魅力都值得后人学习和敬仰。

走出主楼，我们又来到了后湖边的鸽子房。当年宋庆龄在工作之余，曾经在这里亲手给鸽子喂食。今天，这些鸽子又一次在我们的眼前展翅飞过，它带着我们大家伙儿对和平安宁的向往，带着对和平使者宋庆龄的由衷仰慕，也带着人民对她永远的缅怀和纪念。

发现慈禧太后遗物（上）

今天我们要带您去一趟北京西苑，在那住着一户既普通又特别的人家。说到这您可能要问了，他们家到底有什么好东西？

今天我们要带您去一趟北京西苑，在那住着一户既普通又特别的人家。说到这您可能要问了，他们家到底有什么好东西？现在我还不能说，等一会儿到了您就知道了。

发现者：那根正

发现目标：慈禧用过的四件宝贝

那先生的曾祖母就是咱们大清朝那位赫赫有名的"老佛爷"——慈禧太后。那先生手里的宝贝不算少，家里的一些古玩和字画，自然在我们一进屋的时候就尽收眼底了，至于他的家里到底有什么样的宝贝，接下来您将一一看到。

慈禧太后

发现一：绝品瓷瓶

这个印着仙桃的瓷瓶，线条饱满，工艺细致，轮廓之间透着富贵和喜气，让人一看就知道是件宝物。那先生说这只花瓶是清代官窑的极品，是慈禧的父母祭祖时用的，后来传给了他爷爷，是他爷爷一生最为珍惜的物品之一。那先生现在也一直视这个瓷瓶为一件宝物。

那先生说："过去满族人很讲究，阴历三十要供祖，摆些水果、干果、瓜果梨桃。它是一个高足杯、高足盘，像这个盘子应该比普通盘子的档次要高。"

绝品瓷瓶

慈禧玩过的扑克牌

随后那先生拿出了一个锦缎布袋儿，并对我们说，这可是慈禧以前经常玩的一件东西。结果一看，是一副麻将扑克牌。这副扑克是由两种材料做成的，外面是打磨得非常光滑的竹子，里面则是象牙，雕刻得非

慈禧玩过的扑克牌

常精美，图案鲜艳，虽然年代久远有些发黄，但仍不乏保养细致所留下的润泽。那么这副扑克为什么要这么做，又是怎么来的呢？这其中还有一个不为人知的故事。

当年慈禧在昆明湖上划船的时候，陪同的一些客人在船上玩外国人送的纸质扑克，可是由于扑克是纸的，稍微一刮风，扑克就刮到河里去了，所以就要准备很多，非常麻烦。后来有个外国人根据中国麻将的造型，把西方国家的扑克图案雕刻在这个麻将上。这副牌是慈禧经常放在身边的物件之一，据说在宫中没有第二副。

由于时间有限，我们今天就先给您介绍到这里。要是您对那先生的这些东西感兴趣的话，请继续关注我们的节目，我们会在下一期的节目当中介绍慈禧用过的教科书，以及慈禧喝汤用的碗。

齐白石在京遗迹

今天咱们要走街串巷，寻找齐老爷子的在京足迹……

中华民族园

这里集中了全国 56 个民族最具代表性的传统建筑、

民俗风情、歌舞表演、工艺制作以及民族美食。

像咱这整天生活在水泥楼房里的北京人，没事的时候到这里逛一逛……

发现慈禧太后遗物（下）

那根正先生的家里还会给我们怎样的惊喜呢？

齐白石在京遗迹

今天咱们要走街串巷，寻找齐老爷子的在京足迹……

知道齐白石，因为知道他画画得好，关键是值钱，有钱还不一定买得到；了解齐白石，因为他亲切纯真，有时还略带点稚趣；羡慕齐白石，因为他幸福，老年得子、长命百岁、功成名就，老爷子一样都没落；靠近齐白石，因为今天咱们要走街串巷，寻找齐老爷子的在京足迹。

● 齐白石在京档案

姓　　　名：齐璜，别号白石。

原　　　名：齐纯青，号渭青。

出生日期：1864年1月1日

享　　　年：97岁

婚姻状况：一正一副两房妻子。

特　　　长：画画、写字、刻印。

家庭情况：子女共12人，长子生于1889年，最后一个儿子生于1934年。

初来乍到：宣武区法源寺

齐白石的画

55岁那年，齐白石刚到北京的时候，既没名又没钱还没路子，只好凑和住在宣武区教子胡同的法源寺里。齐白石在繁华的京城一不经商二不倒腾买卖，就指着画画刻印赚点养家的钱。但老爷子人穷志不短，透着那么点儿明星大腕儿的范儿，曾经写了张告示，大概意思是说，他画画刻印只能随性，催不得扰不得。纸不好不画、石不美不刻、看不顺眼的主顾一概不接待等等等等。

都说艺术家整天云里雾里的不切实际，但手艺人出身的齐白石，倒是紧遵市场经济规则，讲究的是按劳取酬。无论您是亲朋好友还是上级领导，想要画先给钱，不打折不返券，还概不赊账。但说实话，那时候齐白石身价不高，还拒绝运用各种促销手段，也难怪他刚到北京那几年生意不太好，日子过得苦哈哈的了。

法源寺

梅开二度：宣武区龙泉寺

57岁的齐白石和18岁的胡宝珠

在宣武区陶然亭边上有条龙爪槐胡同，原来这儿有座龙泉寺，寺庙早就拆了，但名字留了下来。1919年，齐白石在湖南老家的妻子特意跑到北京，帮57岁的齐白石物色了一个18岁的川妹子做偏房，这就是胡宝珠。这在封建婚姻习俗尚存的十九世纪二十年代，不仅合理，而且合法。

新婚燕尔的齐白石，特意在龙泉寺边上租了几间平房，开始享受自己的第二个春天。

现在的龙泉寺旧址上，建起了陶然亭小学，据说操场上的两棵古树是当年寺里的原物。不难想象当年年方18的胡宝珠挽着齐白石林荫小径漫步的情景。

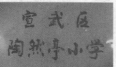

陶然亭小学操场上的
两棵古树

明码标价：宣武区石灯庵

　　齐白石属于"北漂"一族，没有自家的房产。在龙泉寺没住多久，就因为交通不便，又漂到了宣武门内民族宫南街路西的石灯庵居住。至此他住过的三处住宅都是庙产，齐白石自称与佛有缘。石灯庵如今早已拆除，只留下了石灯胡同的地名证实这座寺庙曾经的存在，胡同里尚存几座考究的小四合院儿，我们从中不难想象，当年齐白石携妻带子一大家子其乐融融的温情画面。

　　齐白石依旧靠画画刻印赚钱养家，他对北京和湖南的妻室同样关照，是个有责任心的好男人。从那

宣武门内民族宫南街路西的石灯胡同

时候起，他的作品都由自己定价，还特意贴出告示明码标价。比如花卉加虫鸟，每一只加10元，藤萝加蜜蜂每只加20元等等等等。乍一看来，倒是有点像花鸟鱼虫市场的价签儿。如此看来，老爷子虽然早已跻身艺术家的行列，但尚存一丝农民兄弟的单纯与朴实，实在是难能可贵了。

齐白石作品

供求平衡：西四三道栅栏六号

因为嫌寺里的和尚养的鸡狗天天叫唤，吵得一家人不厌其烦，齐白石一大家子又搬到了西四的三道栅栏胡同六号。

齐白石的画一开始在北京销路不好，原因之一是他的画风不太合北京人的审美取向。

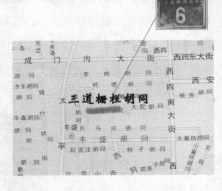

按理说年过半百的人，要想接受点新鲜玩意儿并不是件容易的事。但人家齐老爷子一咬牙一跺脚，愣是把自己的画风给改了。而且人家底子好，学什么像什么，画什么有什么。这回顺应了市场规律，齐白石的生意从此越来越红火，作品也开始被咱北京人所接受了。

赚钱交友两不误：宣武区琉璃厂

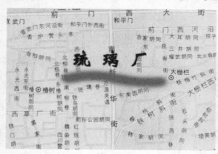

琉璃厂的店铺

说起琉璃厂，您要是没来过这儿，就千万别说自己了解北京。这地界儿是北京文化和文化精英的聚集地。齐白石最早就在琉璃厂挂牌卖画，直到现在弄不好还能在那淘换两张白石老人的真迹。据说齐白石成腕儿之后，琉璃厂好多店铺都跟他下订单约画。老爷子守信誉、人缘儿好，一辈子结交了不少画店的老板，既是生意伙伴儿又是哥们儿，可谓赚钱交友两不误。但齐白石他老人家在画的价格上从来不含糊，一手交钱一手交货，批发零售都不砍价儿。

他平日里还人情送礼物，也都是送画刻

印。30年代兴照相，人家给他照了12张，他一激动送人一幅虾，事后一想觉得不划算，于是又写了张告示，说是双方不合算，表示以后再有人照相概不应酬。

大器晚成：太平桥高岔拉胡同1号

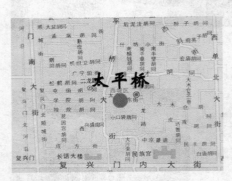

齐白石搬家成瘾，61岁那年，搬到了太平桥高岔拉胡同1号，就在现在赵登禹路的东边。高岔拉后来改名高华里，到现在连高华里这个地名都找不到了。太平桥至赵登禹路一线上，道路两边早已是高楼林立，毫无老北京的个性可言。

俗话说墙里开花墙外香，齐白石的作品在国内没什么动静，倒是先在日本卖了高价，从此一发不可收拾。老爷子大器晚成，60多岁崭露头角，不久又在辟才胡同里边的跨车胡同置了一套房产，迎来了人生迟来的事业高峰。

跨车胡同已经被拆除，连名字也没留下，只有齐白石住过的15号作为文物保护单位孤零零地立在路边。如今的跨车胡同15号由齐白石的后

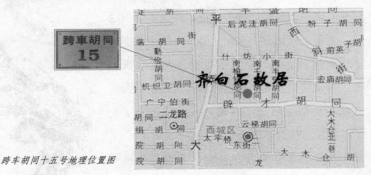

跨车胡同十五号地理位置图

代居住，我们没能进去拍摄，但从外表看，这座四合院还算保存完好，至于内部的保护情况，我们只能猜测和祝愿了。

乔迁之喜：地安门外雨儿胡同甲5号

齐白石95岁那年，文化部在雨儿胡同甲5号给他分了套四合院儿。在齐白石先后的8处住宅中，这里现在算是保存的最好的了。

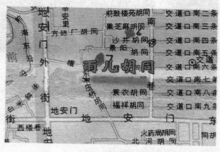

雨儿胡同甲五号

1955年发行新人民币回收旧人民币，老爷子偏要把所有存款都换成一块钱一张的粉色纸币，说是其他面值的都没有这种颜色可爱。为此也没顾着自己的财产隐私，不假思索地让俩女徒弟把钱换了回来。此后大家才得知，老爷子并没多少存款，按现在的行情，他连一张自己的画都买不起。

老爷子一辈子率真坦荡，不争名不夺利，吃饭靠的是手艺，做人靠的是坦诚，只借纸墨笔砚养活着湖南北京两大家子人，实属不易。更难

跨车胡同15号　　　　　　　　　　　　　　　　　　　　晚年齐白石

得的是，老爷子一辈子童心未泯、心胸坦荡、随遇而安。住进雨儿胡同不到一年之后，就因为睡不踏实觉，又搬回了自己的跨车胡同15号。

葬于：海淀区魏公村原湖南公墓

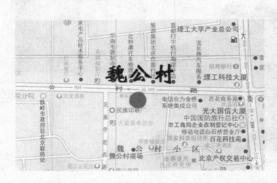

　　　　　　　　　　　　　　　　　　齐白石先生1957年9月16日下午4时与世长辞，享年97岁。老爷子被安葬在西直门外魏公村的湖南公墓，与妻子胡宝珠并肩而卧。胡宝珠45岁早逝，夫妻俩阴阳相隔了14年之后终于重逢。老爷子是个重感情的人，当年宝珠去世，棺木停放在法源寺，84岁的老爷子经常在那儿扶着棺木潸然泪下。后来有个护士照顾了齐白石8年之久，结果因为一点琐事离开了齐家，老爷子到徐悲鸿家做客，谈到此事眼泪直往饭碗里掉。据说为这事，老爷子有一阵子经常半夜里哭湿了半边枕头，用他自己的话说，一根手杖用了七八年都舍不得丢，更何况是个人呢。

　　齐白石一辈子没享过什么福，背负着一大家子的生活负担，在北京

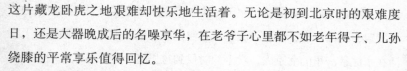

魏公村的齐白石、胡宝
珠之墓

这片藏龙卧虎之地艰难却快乐地生活着。无论是初到北京时的艰难度
日，还是大器晚成后的名噪京华，在老爷子心里都不如老年得子、儿孙
绕膝的平常享乐值得回忆。

　　中国人世代追求长命百岁，细品齐白石长寿秘诀，恐怕会简单得有
些令人失望，不过就是无欲无求、随遇而安罢了。

中华民族园

这里集中了全国56个民族最具代表性的传统建筑、民俗风情、歌舞表演、工艺制作以及民族美食。像咱这整天生活在水泥楼房里的北京人，没事的时候到这里逛一逛……

在咱北京有个中华民族博物院，也叫中华民族园，是个该去看看的地方。在这座公园式的博物院里，集中了全国56个民族最具代表性的传统建筑、民俗风情、歌舞表演、工艺制作以及民族美食。像咱这整天生活在水泥楼房里的北京人，没事的时候到这里逛一逛，可以在最短的时间里接触到许多兄弟民族，增长不少见识。

中华民族园地理位置图

中华民族园

各具特色：民族建筑

在中华民族园，每个民族占一片地儿，每片都是一处独具特色的景区。走不远就能看到各种风格的民族建筑，为我们展现出少数民族的才智，他们根据不同的环境，采用不同的材料，建造了不同样式的住房。

瞧这种砖瓦房，那是白族的建筑。这种羌族的雕楼，看上去很像炮楼，还有独龙族的竹楼，这墙像不像咱北京的凉席？往里头一住那肯定是凉快。各个民族的建筑一共有200多座，许多特殊的建筑材料都是从遥远

独龙族竹楼的墙

羌族的雕楼

的少数民族地区运来的。咱北京人要是进来，可真是有点刘姥姥进大观园的滋味。然而咱们那些少数民族的同胞兄弟，却可以在这轻而易举地找到自己的建筑风格，在北京城里也可以重温自己家乡的感觉。

帐篷始祖：撮罗子

这是东北鄂伦春族的"撮罗子"，远远看去好像一个尖帽子，你能猜出它是用什么材料建造的吗？告诉您吧，它是用木杆围成的圆锥形，再用皮条捆起来，外边夏天包的是桦树皮，冬天包的是野兽皮，冬暖夏凉。它就地取材，捆巴捆巴装在老牛车上，走到哪就可以搭到哪，非常适应鄂伦春族四处漂泊、捕鱼打猎的生活。现在考证起来，这种撮罗子比蒙古包更原

176

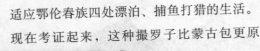

东北鄂伦春族的"撮罗子"

始，算得上是帐篷建筑的老祖宗了。当然随着时代的进步，现如今在大兴安岭已经很难见到撮罗子了，只有在中华民族园里，才能近距离地看到这些正在逐步消逝的老古董了。

崇尚水的民族：造型别致的傣族水井

云南西双版纳的傣族，是一个非常崇尚水的民族，在他们心里，水永远是最圣洁的，所以他们把泼水作为自己的节日，用泼水表达吉祥和祝福。把你浇得越湿，那才是越尊重您呢。傣族的舞蹈也处处展现出一种水的柔情。此外傣族还用一种特

大象造型的傣族水井

殊的形式来修建他们的水井，你看这口水井，那整个是一个艺术品呀。水井的外边是个大象造型的井罩，打水只能从这个取水的小门进去，不会弄脏井里的水。在井罩的上边矗立着金刚宝座塔，傣族叫曼飞龙塔，好像雨后春笋一般。这种傣族的井罩既能够保护井水的干净，又体现出他们崇尚水的民族习俗，是中华民族园傣族景区的一个代表性看点。

金刚宝座塔

特色绝活：让您捏把汗的"上刀山"

在民族园里，您可以看到各个民族最拿手的绝活儿，那叫各庄都有自己的高招。而最让您开眼界的，恐怕就是苗族的"上刀山"了，这一把把锋利的钢刀，个个都是真家伙呀，要是用来切西瓜，那肯定是一刀两半。可是您瞧这个苗族小姑娘，还有这个小男孩，年纪不大胆子不小，光着脚丫子，三下两下就踩着刀爬了上去，还能抓着刀在高杆上转圈。您可瞧仔细了，他们踩的可是刀刃，不是刀背啊，也不知道靠的是什么功夫，真看得人提心吊胆地捏把汗。"上刀山"是云南保靖苗族的一种绝活，原本是在祭祖活动中法师用来敬神驱鬼的，可现在当然早就没有那层含义了，成为了中华民族园里展现苗族风情的著名的表演项目。

苗族的"上刀山"

别样婚俗：掐新娘

在民族园里，您随时随地都可以欣赏到多种多样的民风民俗。像少数民族的结婚习俗，那可是最热闹最有看点的，也是大家最爱去参与的。您一定知道，咱汉族结婚闹洞房，也听说过有的少数民族抢新娘，但您见过结婚要掐新娘的吗？告诉您，这是白族举办婚礼时的一项主要内容。另外，别以为白族新娘戴墨镜是为了时髦，那是人家姑娘因为要出嫁哭肿了眼睛才戴墨镜的，据说这也是白族姑娘出嫁时的习俗。要按咱的眼光，这新娘子今儿个可真算是遭罪了，甭管是男女老少、亲朋好友，是个人就能伸手来掐新娘的漂亮脸蛋，脸被掐得越红越肿，说明得到的祝福就越多。当然掐归掐，但也不能随便乱掐，人家白族的婚礼上，还有一套说辞呢："掐一把，喜洋洋，掐两把，似蜜糖，掐三把，夫妻恩爱幸福长，可掐四把那就叫耍流氓。"您要去民族园参加掐新娘，掐了几下可得数清楚了。

掐新娘

咱北京的中华民族园，地方忒大、可看的东西也太多了。像藏族的八角街、马尼堆呀，朝鲜族房间里的服饰和泡菜坛子，屋外的秋千，佤族的织布和杵米等等。像咱们这样走马观花地介绍，恐怕也得好几个钟头。得了，百闻不如一见，您还是抽个空儿亲自去瞧一瞧吧。

中华民族园景区

发现慈禧太后遗物(下)

那根正先生的家里还会给我们怎样的惊喜呢？

看过我们以前节目的朋友，都还记得我们栏目组为您介绍的慈禧老佛爷的曾孙——那根正先生的一些收藏品，这些宝贵藏品都是慈禧老佛爷曾经用过的物件，其中有慈禧用过的盘子、慈禧用过的麻将扑克牌。那么那根正先生的家里还会给我们怎样的惊喜呢？这期节目我们就要向您继续介绍那先生的珍贵收藏。

一百多年前的教科书

● 采访那先生(慈禧老佛爷的曾孙)

这两本书呢，是当年慈禧在家里学习的时候，少年时期用过的书。

从这本书平整的页面和良好的纸质来看，那先生对它的保存是非常尽心。据那先生讲，这是一本道光年间出版的读物。在书的封面上，我们可以清楚地看到它的名字叫做《澄衷业学堂字课图说》，再看看里面，有些像现在幼儿园里看图识字的书，其中对赠、娶、嫁三个字作了图解，的确很有意思。"赠"字是一个长者坐在椅子上，地上伏跪一幼者，长者将手中的物品递到幼者的手中，解释了"赠"字的本意。而

《澄衷业学堂字课图说》

"娶"和"嫁"两字就更有意思了：一帮人在前面敲锣打鼓吹唢呐，一帮人侧举着回避牌和伞盖，而后面则是八抬大轿，好不热闹。看得出，这不是一般的大户人家娶亲。

慈禧专门用来喝汤的碗

您知道么，这个碗是当年那先生的曾祖父桂祥参加慈禧老佛爷50大寿，临走的时候，慈禧派人赏的一套瓷器中的一件。现在我们还可以清晰地看到这个碗的底款上写着"大清道光年制"。而且据说这个碗是慈禧进宫以后使用的，是专门喝汤用的。在这个碗的外面清晰地绘着五彩龙凤图案，做工也非常讲究。由于这个碗是老太后用过的，所以那先生的爷爷始终拿这个碗作为传家宝，非常珍惜，也舍不得用，每年在祭祖的时候才开箱把这个碗拿出来。

听那先生说，有一次他爷爷的大福晋在祭祖的时候不小心把这个碗碰到了桌子底下，好好的一个碗愣是给摔成了好几瓣，老爷子盛怒之下非要把大福晋给休了，说道："你毁了我的传家宝，我要休妻！"后来娘家人知道了就跑过来劝说，这样才没有休妻，但是即便这样，老爷子还

慈禧专门用来喝汤的碗

是不满意，当时大福晋有一对金手镯，于是老爷子请了一个锔瓷匠，用大福晋的金手镯做锔子，把这个碗锔好了。

后来在日本侵华时期，家里生活很困难，那时候家里变卖了很多瓷器，但是这个碗始终没舍得卖，据说当时有人出两千块现大洋托人非要买不可，估摸着这笔钱在当时怎么着还不得买套别墅洋房什么的，可老爷子就是说什么也不肯卖，后来家里的生活一度陷入了困境，老爷子就把那个金锔子解下来给卖掉了，但是碗一直珍藏着。

那先生说，其实每一件藏品都有一段历史，都有一个久远的故事。他说近年为了响应国家有关部门的号召，已经将家中80多件文物捐献了，尽了自己的微薄之力。

纳兰容若在京遗迹

说起纳兰性德，这位至今尚被京城少男少女迷恋着的纳兰公子，

到底有着何等的魅力。

古陶文明博物馆

这是北京市第一批私人博物馆之一——古陶文明博物馆。

走进这座博物馆，一切都透出一种独特的品位和风格，带有鲜明的特性。

北京豆汁儿

在五花八门的北京小吃之中，有一种挺特别，不好这口儿的，

您就算不上是地道的北京人，

这就是咱们今天的发现目标——地地道道的北京豆汁儿。

纳兰容若在京遗迹

说起纳兰性德，这位至今尚被京城少男少女迷恋着的纳兰公子，到底有着何等的魅力。

说起纳兰性德，形容词大都是文武兼备、才貌双全，总之就是一个无可挑剔的新好男人，引得300多年来无数女子为之倾倒。今儿个咱就寻着这位翩翩佳公子的轻盈足迹，去重走一段痴情才子的心路历程，看看这位至今尚被京城少男少女迷恋着的纳兰公子，到底有着何等的魅力。

● 纳兰容若在京档案

姓　　　名：纳兰性德，字容若，号愣伽山人。

出生日期：1655年

享　　　年：31岁

婚姻状况：先后娶了两妻两妾，

　　　　　大老婆卢氏是纳兰一生最爱，

　　　　　据说颇具林黛玉气质。

绯闻女友：江南才女——沈婉

艺术形象：梁羽生小说《七剑下天山》中的纳兰容若，

　　　　　此作品成为70年代生人熟悉纳兰的主要途径之一。

　　　　　曹雪芹小说《红楼梦》中的贾宝玉（很多人认为纳兰与宝哥哥三分

　　　　　形似、七分神似，此结论尚存争论，不代表本栏目观点）。

出生地点：什刹海醇亲王府

纳兰性德出生在今天后海北沿的醇王府，原来这儿是纳兰他爸爸明珠的宅子，就是在电视剧《康熙王朝》里跟索额图斗智斗勇，最终两败俱伤的那位。一来二去这宅子才落在了醇亲王的手里，成为了我们所熟悉的醇亲王府。

什刹海醇亲王府内景

纳兰公子19岁结婚之前大多数时间都住这儿。相传在这期间，情商颇高的纳兰公子经历了自己的初恋，关于细节，我们得到了两种不同的说法。

网络版：

纳兰是网络名人，关于他的帖子数不胜数，有文章说纳兰的初恋是他表妹，一位绝色佳人，两人本来已经订了婚，可恨康熙横刀夺爱，一厢情愿地把纳兰表妹封为妃，纳兰性德的初恋自此夭折。

电视剧版：

以纳兰性德为主角的电视剧《烟花三月》也记载了这段恋情，但是说纳兰与顺治爷的陪陵妃子孔四贞相恋，康熙爷挺仗义，帮他们俩私

电视剧《烟花三月》剧照

奔，但纳兰却在权力与感情中选择
了前者，最终孔四贞远嫁他乡。

此种说法在纳兰迷以及专家学
者中被认为荒谬至极。谁真谁假其
实并不重要，纳兰的初恋以失败告
终，却是不争的事实。

纳兰家在现今的人民大学东边

双榆树

还有座别墅，当年这儿栽满了桑树和榆树，因此得名桑榆墅。现在别墅
早就没影了，连点残砖碎瓦都没留下，桑榆墅也被念白了叫双榆树了。
这儿离西郊挺近，康熙爷的别墅都在西边儿，明珠跟纳兰爷俩儿上班交
通也挺方便。当年纳兰性德常在这儿宴请江南才子，虽说没肩负什么统
战工作，但客观上为满汉团结作出了杰出的贡献。

工作地点：畅春园 故宫

故宫在明清两代是全国知名的顶级商住两用社区，业主自然是历代
帝王。作为领导的贴身保镖，随驾来往于故宫各殿之间，便是纳兰的主
要工作内容。

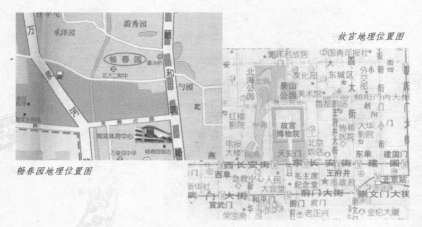

故宫地理位置图

畅春园地理位置图

京西有座皇家别墅，叫畅春园，位置就在今天北京大学西门的对面，现在畅春园已经面目全非了，只有两座庙宇的山门还是当年遗留下来的。康熙爷每年几乎四分之三的时间都在这里疗养，畅春园自然也就成了纳兰的主要工作场所。据说当年的御前侍卫工作时间安排比较特殊，一般都是上7天日夜连班儿，然后休息12天，如此轮换。长期工作辛苦外加精神紧张，破坏了纳兰的家庭生活以及身体健康，成为了纳兰英年早逝的主要原因之一。

遗留下来的两座庙宇山门

休闲场所：上庄玉河

在京西皂甲屯西南三里之外，有条玉河，又叫上庄水库。纳兰公子是个至情至性之人，用现在的话来说，哥们儿挺仗义，凡是有点建树的

江南文人学士，都可以免费到他们家吃住，天儿好的时候，大伙儿就在这条玉河上乘了纳兰家的豪华游轮，吟诗作对，饮酒品茶。

纳兰19岁便带着

老婆来这儿躲清静，这条玉河也曾倒映过俩人的亲密身影。但是关于纳兰与妻子卢氏的感情生活，仍然说法不一。

亲密爱人版：

据说纳兰虽然先后两妻两妾，但专情于大老婆卢氏。据说纳兰从不留连于烟花柳巷，每天一下班就回家陪老婆，俨然一对模范夫妻、亲密爱人。

痴心绝对版：

另有传说纳兰起初并不爱卢氏，俩人是封建包办婚姻，但卢氏对纳兰痴心以对，再加上生于北方、长于江南的卢氏出得厅堂、入得厨房，集南北佳人之大成，纳兰在不觉之中坠入爱河，树立了先结婚后恋爱的典范。但天悖人愿，卢氏21岁就撒手人寰，没有留给纳兰表达爱意的机会。丧妻之痛，使纳兰向悲剧人生迈进了重要的一步。

生死相依：海淀上庄纳兰别墅、墓地

海淀上庄有条河，叫做一亩泉，据说是因为泉眼面积刚好一亩而得名。一亩泉是纳兰家的别墅与祖坟唯一的界限，别墅在东，祖坟在西。

一亩泉

纳兰19岁结婚之后，嫌城里空气不好，噪音污染严重，于是带着老婆卢氏搬到上庄。只可惜红颜薄命，卢氏21岁便离开人世，纳兰将她安葬在一亩泉之西，并将祖坟迁到这里。一对知心爱人，虽然阴阳两地，却仍求隔河相望，实在难为了纳兰公子的一片苦心了。只不过让一大家子人陪着卢氏埋在这儿，这在封建社会，纳兰倒算是有点离经叛道的个性了。

夫妻团聚：纳兰家庙

皂甲屯有座东岳庙，它的另外一个身份是纳兰家庙，如今山门和大殿都还在，前殿门洞上极尽精美的五龙雕饰，令今人不能忽视纳兰家当年的权势和地位。

东岳庙建于唐朝，因此主殿的屋顶是唐朝典型的庑殿顶，这在清朝被认为是级别最高的建筑形制，恐怕只有纳兰他爸爸明珠这样的权相才有福消受了。

纳兰的排位，曾经供奉在第

纳兰家庙

三进院落左手边的转角殿里。他与爱妻在这里也得以团聚。

　　有一位纳兰同样爱过的女人，却远没有卢氏幸福，名不正言不顺使他们生不能同床，死无缘同穴，这位女主角名叫沈婉。

　　相传爱妻卢氏死后，纳兰心如止水，对两个妾也只是亲情加责任而已，直至遇到江南才女沈婉，俩人一见钟情，不久沈婉便成为了纳兰家的新一代女主人，她也是纳兰这一生中继表妹、卢氏之后第三个真心相爱的女人。

有情人终成眷属版：

婚外恋版：

　　另有传说将沈婉与纳兰的爱情定位为悲剧结局。相传俩人一见钟情，却有碍于满汉不能通婚，只得展开一段真挚却不伦的婚外恋情。

电视剧版：

　　《烟花三月》中，康熙与纳兰同样深爱沈婉，而沈婉则专情于纳兰，只可惜造化弄人，纳兰与沈婉

电视剧《烟花三月》剧照

纳兰

因为父辈恩怨，有情人难成眷属。纳兰在出征途中突发急病，撒手人寰，痴情的沈婉在康熙的帮助之下，与纳兰的尸体举行了浪漫的婚礼。

纳兰虽生在温柔富贵乡之中，却神游于繁华烟柳巷之外，虽长在混沌龌龊的王侯之家，却有着一身水样的清澈性情。如此一位翩翩佳公子，一生充满了矛盾与困惑，一滴清泉无力澄清一潭浑水，纳兰公子只能选择随风而逝人间蒸发。与其说他的英年早逝是幕悲剧，倒不如说是纳兰在无牵无挂、无欲无求之时，为自己选择的最恰当的出路罢了。

古陶文明博物馆

这是北京市第一批私人博物馆之———古陶文明博物馆。走进这座博物馆，一切都透出独特个人的品位和风格，带有鲜明的特性。

在古色古香的大观园附近，有一座幽静别致的博物馆，这是北京市第一批私人博物馆之一，也是一座关于陶文化的专题博物馆——古陶文明博物馆。走进这座博物馆，首先看到的是这样的一块匾，叫做"一镜三谛"，这是博物馆馆长路东之先生写的。大概正是由于民营博物馆的属性吧，这里的一切都透出一种独特的品位和风格，带有鲜明的特性。

一镜三谛匾

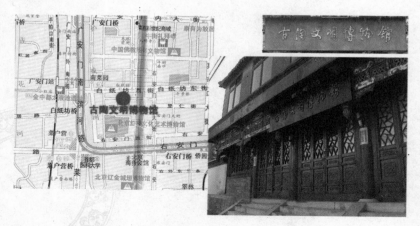

194

陈列品的基座——电子计算机　　　文物的代号标记——图钉

　　您看，用拆开的电子计算机作为陈列品的基座，大概象征着现代科技与历史文明的和谐统一吧。而用麻将牌和几枚图钉作为文物的代号标记，真称得上是一个不拘一格的新颖创意。还有这些路先生创作的诗词和画作，也为观众展现出馆长个人的艺术修养。

仰韶文化之代表：人面鱼纹盆

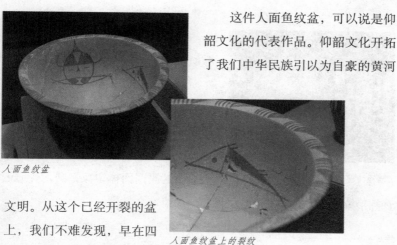

人面鱼纹盆

人面鱼纹盆上的裂纹

　　这件人面鱼纹盆，可以说是仰韶文化的代表作品。仰韶文化开拓了我们中华民族引以为自豪的黄河文明。从这个已经开裂的盆上，我们不难发现，早在四千多年前的新石器时代，我们的祖先已经开始用图案来表现周围的人和动物，用一些简单的线条和图形表达自己对劳动和生活的感受。这个图案用这样一个看起来似乎很神秘的圆形纹样，有意无意地把人的形象渗透在对鱼的描绘当中。用现代的观点来看，还很有几分前卫的特性。尤其是盆上的裂纹，看起来很可能是故意摔烂的，难道今天我国北方送殡"摔盆"的习惯，从那个时候就有了吗？

镇馆之宝：红山文化的祭祖圣器

红山文化的祭祖圣器

下面要向大家隆重推出的是在这里展出的一组红山文化的雕塑作品。红山文化是在夏商时期我国的辽宁西南、内蒙古东北一带，以赤峰为中心产生了一种古老的文化现象。而这个时期的陶器，不仅仅是坛坛罐罐了，而主要是人、兽和神了，显示出浓厚的祭祖色彩。这座巨大的神人首，据考证是当时一位部落首领的造型塑像。

● 采访路东之（古陶文明博物馆馆长）

差不多20世纪80年代的时候，在辽宁凌源女神庙遗址发现了重要的文物。这一塑像的发现被认为是我们华夏文明的一个源头，关于中华文明探源的问题有了一个新的解释。有理由说是红山人最早进入文明阶段，它比我们过去认为的黄河文明还要早地进入文明阶段。

四面体塑像

而这座四面体塑像，则是普通老百姓形象的组合，这都是这个博物馆的镇馆之宝。

● 采访路东之（古陶文明博物馆馆长）

红山文化它是人像崇拜，祖神崇拜是它的一个特征，过去出土的很多面具类、人像类的东西，大量的是具像的，更个性化的，一般我们可以明确地说它是照着某一个人去做的，照着某一个首领去做的，这是它的特征。但这件很特殊，而且形制也特殊，下边是立的形式，四方连体，两面还做了男女的生殖器。两面是男身，两面是女身。实际上它是把祖宗在抽象崇拜。红山文化，我们看到的这种有神的光芒，但这个神的光芒是从人性里抽象的神的光芒，像这样的形象可能是先民祭拜的我们的祖先的形象。

探索解密：一份特别的陪葬清单

这是一份非常难得的清单，它并不是日常的流水账，而是详细记载着一个贵族少女的陪葬物品。您可不要小看这份清单，在它上面有着很丰富的内容。

陪葬清单

● 采访路东之（古陶文明博物馆馆长）

这家的女孩子死了，她的名字也有，叫夏侯妙妙，非常好听的一个名字。她死了以后给她下葬的清单，包括陪葬的所有东西的清单，一共49项，非常丰富。包括被子、褥子、化妆品、丝巾、各种各样的东西。由此我们看到了当时那个时代物质文明的发达程度，同时又是一件重要的书法作品。这是比王羲之还早，西晋的一件重要的书法作品，而且明确是行书。过去一直有人否定《兰亭序》，说那会儿还没有行书。其实不是那样的，很早就有行书，比这更早就有行书，这又是一件物证。

经历风雨：延续数百年的瓦当大观

瓦当就是古代房檐上的一种构件，上面有图画和文字，既可以遮风挡雨，又可以美化装饰。大概就是跟后来的涂外墙、装飞檐这些外装修

瓦当

的作用差不多吧。这儿展出的瓦当，从年代上看，战国时期到东汉的都有，延续了好几百年。而从分布地域上看，有怪诞神秘的燕瓦当，也就是咱们北京这块地界儿的物件儿。有图案对称的齐瓦当，就出自现在的山东那块儿。还有这些秦瓦当，产于陕西、甘肃一带。在上边画上些飞禽走兽，是瓦当的特点。您看这块被称为"金乌"的瓦当，画的是中国古代先民用以象征太阳的标志性图案。这块金乌瓦当，据考证是汉武帝专门避暑的甘泉宫上边儿的。可是从东汉开始，瓦当开始不为人所重视，后来也没有在上面画画的了。也正是因为如此，今天保存下来的瓦当自然就显得格外珍贵。

金乌瓦当

宫闱秘证：封泥绝响

封泥是秦汉时期封缄书信时在封口处盖印的泥团。在纸发明以前，无论是皇帝的圣旨诏书，还是各级官府的公文报告，都必须有盖在封泥上的印章才算有效。然而过去我们常见的封泥，大都是汉代封泥，印章级别也多数是地方官员。而在古陶文明博物馆里展出的封泥是秦代封泥，而且盖的是中央集权最高官员的印章，有着很高的历史研究价值。这些秦代封泥上的印记，从左右丞相到九卿，几乎一个不少，所用的字全都是一水儿标准的李斯小篆，不仅是精美的艺术品，而且可以从一个侧面反映出秦代宫廷都设置了哪些机构，官员都叫什么名称，具体都负责哪些事情。它们见证了那个时期许多重大和神秘的事件，您说这有多难得呀。

您看这块刻着"章台"的封泥，要知道章台当时是秦始皇办公的地方，民间流传的荆轲刺秦王、和氏璧的故事都发生在章台，您说是不是算得上高层机密呀。

这些"尚衣"、"尚浴"和"寺车"的封泥，是专门负责皇帝穿衣洗澡坐车的官员用的，那见识估摸着可就差着档次了，充其量就是见过皇帝，负责吃喝拉撒的生活小事。还有这些涉及养马的印章封泥，使我们了解到了当时的秦国有一个十分庞大的养马机构，与马相关的公文也是数量繁多，也让我们了解到秦国对马的重视。正是因为如此，秦始皇才有一支兵强马壮的军队，最终扫灭六国一统天下。

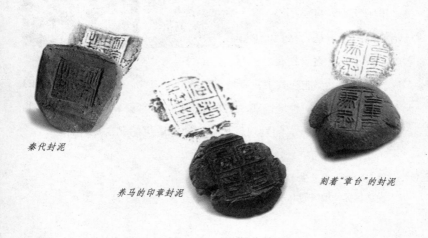

秦代封泥

养马的印章封泥

刻着"章台"的封泥

北京古陶文明博物馆，从1997年6月15日开馆到现在已经10年了，这里没有什么好玩儿的东西，没有更多刺激的地方，但却可以给您带来许多历史的回味。

北京豆汁儿

在五花八门的北京小吃之中，有一种挺特别，不好这口儿的，您就算不上是地道的北京人，这就是咱们今天的发现目标——地地道道的北京豆汁儿。

提起北京小吃，那种类多得咱北京人自己都不一定能数清楚，从宫廷糕点到民间小吃，甭管您是

宫廷糕点

多挑食的主儿，都能在其中找着自己得意的那口儿。就在这五花八门的北京小吃之中，有一种挺特别，不好这口儿的，您就算不上是地道的北京人，这就是咱们今天的发现目标——地地道道的北京豆汁儿。

发 现 者：冯先生
发现目标：地道的北京豆汁儿

您可能得问，这豆汁儿大伙都知道，有什么可发现的啊。这您算是问着了，咱今天要发现的，就集中在这"地道"二字。

梁实秋曾在《雅舍谈吃》里写道，不能喝豆汁儿的人算不得北平城里人。豆汁儿可是一种知名度极高的北京小吃，别瞧您皱眉头，好这口儿的可大有人在，我们今天的发现者冯先生就是其中一位，并把喝豆汁儿当成是一种享受。

200

我就好这口，豆汁儿我还不熬，我喜欢生着喝。把豆汁儿买回来放冰箱，什么时候渴了就来两口，整个一冷饮。

我们跟随冯先生从北京展览馆西门向北直行，很快就看见了位于长河沿岸的这家百年老店。冯先生告诉我们，以前在大街上豆汁店随处可见，可现在要想找既正宗环境又好的豆汁店可不太容易。这家店的豆汁儿是一绝，初品它的人都会不习惯它特有的酸味，没关系，这回喝一口，下次喝两口，用不了几次，您就喝"熟"了，有可能喝上瘾哪！

长河沿岸的百年老店

这豆汁儿瞧着是不起眼的物件，等于是做淀粉的下脚料发酵成的，但是上进得了皇宫，下去得了市井。

在过去，有人把北京人称为"豆汁嘴"、"卤虾嘴"、"老米嘴"，统称为"北京三嘴"。这是因为北京人，特别是旗人大都爱喝老米熬的豆汁儿，再加上正宗关东产的卤虾小菜，吃起来既酸甜又鲜辣。豆汁儿的喝法也有一些小学问，越烫越浓的豆汁儿，只能小口吸溜儿，不能大口猛灌。这样喝，才是最正宗的喝法儿。早的时候，从口味上豆汁儿分为甜、酸和酸甜三种，当天做成的豆汁儿味儿甜，第二天则变成酸甜，第三天是只酸不甜。在原料上，最初都是用真正的绿豆做豆汁儿，可到了清末，摊贩们为了赚钱，把黄豆、黑豆与绿豆按二八成、三七成等不同的比例掺在一起，做成豆汁儿出售。

● 采访冯先生

豆汁儿别用勺喝，用勺喝的那是奶酪。直接端碗喝，不过喝豆汁儿要是把嘴烫一个泡，可别怨人家卖豆汁儿的，只能怨咱太嘴急了。

老北京豆汁儿

"一口京腔，两句二黄，三餐佳馔，四季衣裳"，据说这是证明您是不是北京人的四个标准。这里说的"佳馔"，不看值多少钱，要的是有滋有味，所以是不是北京人，测验方法就是叫他喝一口豆汁儿，若是眉开眼笑，打心里往外满意地吁口长气，就是地道北京人；若是眉头紧皱，嘴角直咧，甭问，这是外来户。此外，老北京还有在豆汁儿面前人人平等的原则。在旧社会，西服革履者与拉车卖浆的同桌共饮，并无贵贱之分。由此可见，豆汁儿确实是贫富相宜、雅俗共赏，普通得不能再普通的食品。

街头老北京豆汁儿摊子旧照

编后语

《这里是北京》第三辑的出版之日，正逢北京地区部分市属及区县属博物馆免费开放之时。而这本书里的很多内容都恰好与博物馆密切相关。当然，博物馆的深邃与博大，是一本《这里是北京》说不尽道不完的。但是我们希望能够抛砖引玉，让更多的朋友通过此书发现博物馆的魅力。同时拉近博物馆与人们的距离，让生活在北京这座城市里的人们感受到历史文化伸手可触。

说起来，北京这座城市也可算是一座博物馆，胡同、街巷、名人逸事，都有着相当丰富的内涵，《这里是北京》就是要先把北京这座大博物馆的故事展现出来。

前些日子有人问我，《这里是北京》栏目的内容会不会枯竭。因为北京的历史遗迹和名人故事数量虽多，却总也有限。会不会越来越少，终有一天弹尽粮绝。我告诉他，一定不会。北京建城有三千多年，建都八百多年，我们的身边，甚至举手投足间其实皆是历史。而历史所闪耀着的睿智的光芒，是洒落在各个层面、各个角落的。

其实我们遇到的问题并不是资源的有限，而是人的观念。用什么样的视角来看待历史，而观众、读者有着怎样的需求，该如何按照需求找到一种合适的表达方式。

说起来，我们今天所讲的故事，并不是前人没有讲过的。甚至还是天天讲、月月讲、年年讲过的，而我们通常选择站在另一个角度重新诠释。其实简单地说：北京的历史文化可以分为三个层面来欣赏，第一个层面是逛；第二个层面是看；第三个层面为品。我们所做的是在"逛"的同时，引领观众们去看，走到一些独特之处再去品。总之，我们在不停的寻找与摸索最恰当的方式去诠释，读解北京这座历史悠久的文明古城。

随着2008年奥运会的临近，我们也希望能够尽快推出《这里是北京》系列丛书，能为渴望了解北京历史文化的朋友们提供一个良好的服务窗口，让我们首都北京的魅力更加全面地展现出来。最后，在这里谨代表栏目全体主创人员，向一直关注、支持我们的广大观众、读者表示深深的感谢。《这里是北京》的成绩是和观众、读者朋友们的喜爱与关心密不可分的。

《这里是北京》制片人

图书在版编目（CIP）数据

这里是北京.3／李欣主编.—北京：华艺出版社，

2008.3

ISBN 978-7-80142-949-0

I.这… II.李… III.北京市-概况 IV.K921

中国版本图书馆CIP数据核字（2008）第035812号

这里是北京

主　　编：李　欣

出版统筹：黑薇薇

责任编辑：大　方

装帧设计：轩　子

排版制作：北京金晨亚图文制作中心

出　　版：华艺出版社

社　　址：北京市海淀区北四环中路229号

电　　话：(010)82885151

传　　真：(010)82884314

经　　销：新华书店

印　　刷：北京天正元印务有限公司

开　　本：1/16

字　　数：200千字

印　　张：13.25印张

版　　次：2008年5月第1版

印　　次：2008年5月第1次印刷

印　　次：ISBN 978-7-80142-949-0/Z·498

定　　价：36.00元